唐诗杂论

闻一多 著

古吴轩出版社

中国·苏州

图书在版编目（CIP）数据

唐诗杂论 / 闻一多著 . —苏州：古吴轩出版社, 2017.9（2021.3重印）
（鸿儒国学讲堂）
ISBN 978-7-5546-0974-3

Ⅰ．①唐… Ⅱ．①闻… Ⅲ．①唐诗－诗歌评论 Ⅳ．① I207.227.42

中国版本图书馆 CIP 数据核字（2017）第 198358 号

责任编辑：蒋丽华
见习编辑：薛　芳
装帧设计：鸿儒文轩·书心瞬意

书　　名：	唐诗杂论
著　　者：	闻一多
出版发行：	古吴轩出版社
	地址：苏州市八达街118号苏州新闻大厦30F　邮编：215123
	电话：0512-65233679　传真：0512-65220750
出 版 人：	尹剑峰
印　　刷：	天津兴湘印务有限公司
开　　本：	650×940　1/16
印　　张：	13.25
版　　次：	2017年9月第1版
印　　次：	2021年3月第2次印刷
书　　号：	ISBN 978-7-5546-0974-3
定　　价：	45.00元

如有印装质量问题，请与印刷厂联系。022-68855116

序

闻一多先生为民主运动贡献了他的生命，他是一个斗士，但是他又是一个诗人和学者，这三重人格扭合在他身上因时期的不同而或隐或现。大概从民国十四年（1925）参加《北平晨报》的诗刊到十八年任教青岛大学，可以说是他的诗人时期；这以后直到三十三年（1944），参加昆明西南联合大学的五四历史晚会，可以说是他的学者时期；再以后这两年多，是他的斗士时期。学者的时期最长，斗士的时期最短，然而他始终不失为一个诗人，而在诗人和学者的时期，他也始终不失为一个斗士。本集里承臧克家先生抄来三十二年（1943）他的一封信，可以见出他这种三位一体的态度。他说：

我只觉得自己是座没有爆发的火山，火烧得我痛，却始终没有能力（就是技巧）炸开那禁锢我的地壳，放射出光和热来。只有少数跟我很久的朋友（如梦家），才知道我有火，并且就在《死水》

里感觉出我的火来。

这是斗士藏在诗人里。他又说：

你们作诗的人老是这样窄狭，一口咬定世上除了诗什么也不存在。有比历史更伟大的诗篇吗？我不能想象一个人不能在历史（现代也在内，因为它是历史的延长）里看出诗来，而还能懂诗。……你不知道我在故纸堆中所做的工作是什么，它的目的何在，……因为经过十余年故纸堆中的生活，我有了把握。看清了我们这民族，这文化的病症，我终于开方了。方单的形式是什么——一部文学史（诗的史）或一首诗（史的诗），我不知道，也许什么也不是。……你诬枉了我，当我是一个蠹鱼，不晓得我是杀蠹的芸香。虽然二者都藏在书里，它们的作用并不一样。

学者中藏着诗人，也藏着斗士。他又说："今天的我是以文学史家自居的。"后来的他却开了"民主"的"方单"进一步以直接行动的领导者的斗士姿态出现了。但是就在遇难的前几个月，他还在和我说要写一部唯物史观的中国文学史。

闻先生真是一团火。就在《死水》那首诗里他说：

这是一沟绝望的死水，
这里断不是美的所在，
不如让给丑恶来开垦，
看他造出个什么世界。

这不是"恶之花"的赞颂，而是索性让"丑恶"早些"恶贯满盈"，"绝望"里才有希望。在《死水》这诗集的另一首诗《口供》里又说：

可是还有一个我，你怕不怕？
苍蝇似的思想，垃圾桶里爬。

"绝望"不就是静止，在"丑恶"的"垃圾桶里爬"着，他并没有放弃希望。他不能静止，在《心跳》那首诗里唱着：

静夜！我不能，不能受你的贿赂，
谁希罕你这场内方尺的和平！
我的世界还有更辽阔的边境；
这四场既隔不断战争的喧嚣，
你有什么方法禁止我的心跳？

所以他写下战争惨剧的《荒村》诗，又不怕人家说他窄狭，写下了许多爱国诗。他将中国看作"一道金光"、"一股火"（一个观念）。那时跟他的青年们很多，他领着他们做诗，也领着他们从"绝望"里向一个理想挣扎着，那理想就是"咱们的中国"（一句话）。

可是他觉得做诗究竟"窄狭"，于是乎转向历史——中国文学史：他在给臧克家先生的那封信里说："我始终没有忘记除了我们的今天外,还有那二千年前的昨天。这角落外还有整个世界。"同在三十二年(1943)写作的那篇《文学的历史动向》里说起"对近世文明影响最大最深的四个古老民族——中国、印度、以色列、希腊——都在差不多同时猛抬头,迈开了大步"。他说:

约当纪元前一千年左右,在这四个国度里,人们都歌唱起来,并将他们的歌记录在文字里,给流传到后代。……四个文化,在悠久的年代里,起先是沿着各自的路线,分途发展,不相闻问;然后,慢慢的随着文化势力的扩张,一个个的胳臂碰上了胳臂,于是吃惊、点头、招手、交谈。日子久了,也就交换了观念、思想与习惯。最后,四个文化慢慢的都起着变化,互相吸收,融合,以致总有那么一天,四个的个别性渐渐消失。于是不能改变,也不必改变。

这就是"这个角落外还有整个世界"一句话的注脚,但是他只能从中国文学史下手。而就是"这角落"的文学史,也有那么长的年代,那么多的人和书,他不得不一步步的走向前去不得不先钻到"故纸堆内讨生活",如给臧先生信里说的。于是他好像也有了"考据癖"。青年们渐渐离开了他。他们想不到他是在历史里吟味诗,更想不到他要从历史里创造"诗的史"或"史的诗"。他告诉臧先生:"我比任何人还恨那故纸堆,正因为恨它,更不能不弄个明白。"他要创造的是崭新的现代的"诗的史"或"史的诗"。这一篇巨著虽然没有让他完成。可是十多年来也片段的写出了一些正统的学者觉得这些不免"非常异义,可怪之论"，就戏称他和一两个跟他同调的人为"闻一多派"。这却正见出他是在开辟着一条新的道路，而那披荆斩棘，也正是一个斗士的工作。这时期最长，写作最多，到后来他以民主斗士的姿态出现。青年们又发现了他，这一回跟他的可太多了！行动虽然时时在要求着他，他写的可并不算少，并且还留下了一些演讲录。这一时期的作品跟演讲录都充满了热烈的爱憎和精悍之气，就是学术性的论文如《龙凤》和《屈原问题》等也如此。这两篇，还有杂文《关于儒·道·土匪》大概都可以算得那篇巨著的重要的片段吧。这时期他将诗和"历史跟生活打成了一片"，有人说他不懂政治，他倒的确不会让政治的圈儿箍住的。

他在"故纸堆内讨生活"，第一步还得走正统的道路，就是语史学的和历史学的道路。也就是还得从训诂和史料的考据下手。在青岛大学任教的时候，他已经开始研究唐诗。他本是个诗人，从诗到诗是很近便的路。那时工作的重心在历史的考据，后来又从唐诗扩展到《诗经》《楚辞》，也还是从诗到诗。然而他得弄语史学了。他于是读卜辞，读铜器铭文，在这些里找训诂的源头。从本集二十二年（1933）给饶孟侃先生的信可以看出那时他是如何在谨慎地走着这正统的道路。可是他"很想到河南游游，尤其想看洛阳——杜甫三十岁前后所住的地方"。他说"不亲眼看看那些地方，我不知杜甫传如何写"。这就不是一个寻常的考据家了！抗战以后，他又从《诗经》《楚辞》跨到了《周易》和《庄子》，他要探求原始社会的生活。他研究神话，如《高唐神女传说》和《伏羲考》等等，也为了探求"这民族，这文化"的源头，而这原始的文化是集体的力，也是集体的诗。他也许要借这原始的集体的力给后

代的散漫和萎靡来个对症下药吧,他给臧先生写着:

我的历史课题甚至伸到历史以前,所以我研究神话,我的文化课题超出了文化圈外,所以我又在研究以原始社会为对象的文化人类学。

他不但研究文化人类学,还研究佛罗依德(即弗罗伊德)的心理分析学来照明原始社会生活这个对象。从集体到人民,从男女到饮食只要再跨上一步。所以他终于要研究起唯物史观来了,要在这基础上建筑起中国文学史。从他后来关于文学的几回演讲。可以看出他已经是在跨着这一步。

然而他为民主运动献出了生命,再也来不及打下这个中国文学史的基础。他在前一个时期里却指出过"文学的历史动向"。他说从西周到北宋都是诗的时期,"我们这大半部文学史,实质上都是诗史"。可是到了北宋,"可能的调子都已唱完了"。上前"接力"的是小说与戏剧。"中国文学史的路线从南宋起便转向了,从此以后是小说戏剧的时代。"他说:"是那充满故事兴味的佛典之翻译与宣讲,唤醒了本土的故事兴趣的萌芽,使它与那较进步的外来形式相结合,而产生了我们的小说与戏剧。"而"第一度外来影响刚刚扎根,现在又来了第二度的。第一度佛教带来的印度影响是小说戏剧,第二度基督教带来的欧洲影响又是小说戏剧"。于是乎他说:

四个文化同时出发,三个文化都转了手,有的转给近亲,有的转给外人，主人自己却没落了，那许是因为他们都只勇于"予"而怯于"受"，中国是勇于"予"而不太怯于"受"的，所以还是自己文化的主人。然而仅仅不怯于"受"是不够的，要真正勇于"受"，让我们的文学更彻底的向小说戏剧发展，等于说要我们死心塌地走人家的路。这是一个"受"的勇气的测验，也是我们能否继续做自己文化的主人的测验。

这里强调外来的影响。他后来建议将大学的中国文学系跟外国语文学系改为文学系跟语言学系，打破"中西对立，文语不分"的局面，也是"要真正勇于受"，都说明了"这角落外还有整个世界"那句话。可惜这个建议只留下一堆语句，没有写成。但是那印度的影响是靠了"宗教的势力"才普及于民间，因而才从民间"产生了我们的小说与戏剧"。人民的这种集体创作的力量是文学史的发展的基础，在诗歌等等如此，在小说戏剧更其如此。中国文学史里，小说和戏剧一直不曾登大雅之堂，士大夫始终只当它们是消遣的玩意儿，不是一本正经。小说和戏剧一直不曾能够脱去了俗气，也就是平民气。等到民国初年我们的现代化的运动开始，知识阶级渐渐形成，他们的新文学运动和新文化运动接受了欧洲的影响，也接受了"欧洲文学的主干"的小说和戏剧，小说和戏剧这才堂堂正正的成为中国文学。《文学的历史动向》里还没有顾到这种情形，但在《中国文学史稿》里，闻先生却就将"民间影响"跟"外来影响"并列为"二大原则"。认为，"一事的二面"或"二阶段"，还说："前几次外来影响皆不自觉，因经由民间；最近一次乃士大夫所主持，故为自觉的。"

他的那本《中国文学史稿》其实只是三十三年（1944）在昆明中法大学教授中国文学史的大纲，还待整理，没有收在全集里，但是其中有《四千年文学大势鸟瞰》，分为四段八大期，值得我们看看：

第一段　本土文化中心的抟成　一千年左右

第一大期　黎明　夏商至周成王中叶（公元前2500—公元前1100）约九百五十年

第二段从三百篇到十九首　一千二百九十一年

第二大期　五百年的歌唱　周成王中叶至东周定王八年［陈灵公卒，（国风）约终于此时，公元前1099—公元前599］约五百年

第三大期　思想的奇葩　周定王九年至汉武帝后元二年（公元前598—公元前87）五百一十年

第四大期　一个过渡期间　汉昭帝始元元年至东汉献帝兴平二年（公元前86—公元195）二百八十一年

第三段　从曹植到曹雪芹　一千九百一十九年

第五大期　诗的黄金时代　东汉献帝建安元年至唐玄宗天宝十四载（196—755）五百五十九年

第六大期　不同型的余势发展　唐肃宗至德元载至南宋恭帝德佑二年（756—1276）五百二十年

第七大期　故事兴趣地醉觉　元世祖至元十四年至民国六年（1277—1917）六百四十年

第四段　未来的展望——大循环

第八大期　伟大的期待　民国七年至……（1918—……）

第一段"本土文化中心的抟成"，最显著的标识仰韶文化

（新石器时代）的陶器花纹变为殷周的铜器花纹，以及农业的兴起等。第三大期"思想的奇葩"，指的散文时代。第六大期"不同型的余势发展"指的诗中的"更多样性与更参差的情调与观念"以及"散文复兴与诗的散文化"等。第四段的"大循环"，指的回到大众。第一第二大期是本土文化的东西交流时代，以后是南北交流时代。这中间发展的"二大原则"是上文提到的"外来影响"和"民间影响"。而最终的发展是"世界性的趋势"。这就是闻先生计划着创造着的中国文学史的轮廓。假如有机会让他将这个大纲重写一次，他大概还要修正一些，补充一些。但是他将那种机会和生命一起献出了，我们只有从这个简单的轮廓和那些片段，完整的，不完整的，还有他的人，去看出他那部"诗的史"或那首"史的诗"。

他是个现代诗人，所以认为"在这新时代的文学动向中，最值得揣摩的，是新诗的前途"。他说新诗得"真能放弃传统意识，完全洗心革面。重新做起"。

但那差不多等于说，要把诗做得不像诗了。也对。说得更准确点，不像诗，而像小说戏剧，至少让它多像点小说戏剧，少像点诗。太多"诗"的诗，和所谓"纯诗"者，将来恐怕只能以一种类似解嘲与抱歉的姿态，为极少数人存在着。在一个小说戏剧的时代，诗得尽量来取小说戏剧的态度，利用小说戏剧的技巧，才能获得广大的读众……新诗所用的语言更是向小说戏剧跨近了一大步，这是新诗之所以为"新"的第一个也是最主要的理由。其它在态度上，在技巧上的种种进一步的试验，也正在进行着，请放心，历史上常常有人把诗写得不像诗,如阮籍、陈子昂、孟郊,如华茨渥斯、惠特曼,而转瞬间便是最真实的诗了,诗这东西的长处就在它有无限度的弹性,……只有固执与狭隘才是诗的致命伤……

那时他接受了英国文化界的委托,正在抄选中国的新诗,并且翻译着。他告诉臧克家先生:

不用讲今天的我是以文学史家自居的,我并不是代表某一派的诗人,唯其曾经一度写过诗,所以现在有拢取这项工作的热心;唯其现在不再写诗了,所以有应付这工作的冷静的头脸而不至于对某种诗有所偏爱或偏恶。我是在新诗之中,又在新诗之外。我想我是颇合乎选家的资格的。

是的。一个早年就写得出《女神的时代精神和女神的地方色彩》那样确切而公道的批评的人,无疑的"是颇合乎选家的资格的"。可惜这部诗选又是一部未完书,我们只能够尝鼎一脔!他最后还写出了那篇《时代的鼓手》,赞颂田间先生的诗。这一篇短小的批评激起了不小的波动,也发生了不小的影响。他又在三十四年(1945)西南联合大学五四周的朗诵晚会上朗诵了艾青先生的《大堰河》,他的演戏的才能和低沉的声调让每一个词语渗透了大家。

闻先生对于诗的贡献真太多了!创作《死水》,研究唐诗以至《诗经》《楚辞》一直追求到神话,又批评新诗,抄选新诗。在被难的前三个月,更动手将《九歌》编成现代的歌舞短剧,象征着我们的青年农民的严肃的工作。这样将古代跟现代打成一片,才能成为一部"诗的史"或一首"史的诗"。其实他自己的一生也就是具体而微的一篇"诗的史"或"史的诗",可惜的是一篇未完成的"诗的史"或"史的诗"!这是我们不能甘心的!

　　　　朱自清　三十六年(1947)八月,清华园

目 录

序 / I

类书与诗 / 1

宫体诗的自赎 / 12

四 杰 / 29

孟浩然（689—740） / 39

贾岛（779—843） / 47

杜甫（712—770） / 54

少陵先生年谱会笺 / 75

英译李太白诗 / 140

附　闻一多诗论四篇

歌与诗　/154

诗与批评　/167

诗的格律　/174

先拉飞主义　/183

类书与诗

检讨的范围是唐代开国后约略五十年,从高祖受禅(618)起,到高宗武后交割政权(660)止。靠近那五十年的尾上,上官仪伏诛,算是强制的把"江左余风"收束了,同时新时代的先驱,四杰及杜审言刚刚走进创作的年华,沈宋与陈子昂也先后诞生了,唐代文学这才扯开六朝的罩纱,露出自家的面目。所以我们要谈的这五十年,说是唐的头,倒不如说是六朝的尾。

唐有天下三百年,文章无虑三变。高祖、太宗,大难始夷,沿江左余风,缋句绘章,揣合低卬,故王、杨为之伯。玄宗好经术,群臣稍厌雕琢,索理致,崇雅黜浮,气益雄浑,则燕、许擅其宗。是时,唐兴已百年,诸儒争自名家。

——《新唐书·文艺传》

寻常我们提起六朝,只记得它的文学,不知道那时期对于学术的兴趣更加浓厚。唐初五十年所以像六朝，也正在这一点。这时期如果在文学史上占有任何位置，不是因为它在文学本身上有多少价值，而是因为它对于文学的研究特别热心。一方面把文学当作学术来研究，同时又用一种偏向于文学的观点来研究其余的学术。给前一方面举个例，便是曹宪、李善等的"选学"（这回文学的研究真是在学术中正式的分占了一席）。后一方面的例，最好举史学。许是因为他们有种特殊的文学观念（即《文选》所代表文学观念），唐初的人们对于《汉书》的爱好，远在爱好《史记》之上。在研究《汉书》时，他们的对象不仅是历史，而且是记载历史的文字。便拿李善来讲，他是注过《文选》的，也撰过一部《汉书辨惑》，《文选》与《汉书》，在李善眼里，恐怕真是同样性质，具有同样功用的物件，都是给文学家供驱使的材料。他这态度可以代表那整个时代。这种现象在修史上也不是例外。只把姚思廉除开，当时修史的人们谁不是借作史书的机会来叫卖他们的文藻——尤其是《晋书》的著者！至于音韵学与文学的姻缘，更是显著，不用多讲了。

《文选》烂，秀才半。

——唐代谚语

（宪）所撰《文选音义》，甚为当时所重。初，江淮间为文选学者，本之于宪；又有许淹、李善、公孙罗复相继以《文选》教授，由是其学大兴于代。

——《旧唐书·曹宪传》

当时的著述物中，还有一个可以称为第三种性质的东西，那便是类书，它既不全是文学，又不全是学术，而是介乎二者之间的一种东西，或是说兼有二者的混合体。这种畸形的产物，最足以代表唐初的那种太像文学的学术和太像学术的文学了。所以我们若要明白唐初五十年的文学，最好的方法也是拿文学和类书排在一起打量。

类事之书，始于《皇览》。

——宋　王应麟《玉海》

现存的类书如《北堂书钞》和《艺文类聚》，在当时所制造的这类出品中，只占极小部分。此外，太宗时编的，还有一千卷的《文思博要》，后来从龙朔到开元，中间又有官修的《累璧》六百三十卷、《瑶山玉彩》五百卷、《三教珠英》一千三百卷（《增广皇览》及《文思博要》）、《芳树要览》三百卷、《事类》一百三十卷、《初学记》三十卷、《文府》二十卷，私撰的《碧玉芳林》四百五十卷、《玉藻琼林》一百卷、《笔海》十卷。这里除《初学记》之外，如今都不存在。内中是否有分类的总集，像《文馆词林》似的，我们不知道。但是《文馆词林》的性质，离《北堂书钞》虽较远，离《艺文类聚》却接近些了。欧阳询在《艺文类聚·序》里说是嫌"流别《文选》，专取其文，《皇览》遍略，直书其事"的办法不妥，他们（《艺文类聚》的编者不只他一人）才采取了"事居其前，文列于后"的体例。这可见《艺文类聚》是兼有总集（流别《文选》）与类书（《皇览》遍略）的性质，也可见他们看待总集与看待类书的态度差不多。《文馆词林》是和流别《文选》一类的书，在他们眼里，当然也和《皇览》、遍略差不多了。再退一步讲，《文馆词林》的性质与《艺文类聚》一半相同，后者既是类书，前者起码也有一半类书的资格。

上面所举的书名，不过是就新旧《唐书》和《唐会要》等书中随便摘下来的，也许还有遗漏。但只看这里所列的，已足令人惊诧了。特别是官修的占大多数，真令人不解。如果它们是《通典》一类的，或《大英百科全书》一类的性质，也许我们还会嫌它们的数量太小，但它们不过是"兔园册子"的后身，充其量也不过是规模较大品质较高的"兔园册子"。一个国家的政府从百忙中抽调出许多第一流人才来编了那许多的"兔园册子"（太宗时，房玄龄、魏徵、岑文本、许敬宗等都参与过这种工作），这用现代人的眼光看来。岂不滑稽？不，这正是唐太宗提倡文学的方法，而他所谓的文学，用这样的方法提创，也是很对的。沉思翰藻谓之文的主张，由来已久，加之六朝以来有文学嗜好的帝王特别多，文学要求其与帝王们的身分相称，自然觉得沉思翰藻的主义最适合他们的条件了。文学由太宗来提倡，更不能不出于这一途。本来这种专在辞藻的量上逞能的作风，需用学力比需用性灵的机会多，这实在已经是文学的实际化了。南朝的文学既已经在实际化的过程中，隋统一后，又和北方的极端实际的学术正面接触了，于是依照"水流湿，火就燥"的物理的原则。已经实际化了的文学便不能不愈加实际化，以至到了唐初，再经太宗的怂恿，便终于被学术同化了。

……若制事出令，有益于人者，史则书之，足为不朽。若事不师古,乱政害物,虽有词藻,终贻后代笑,非所须也。只如梁武帝父子及陈后主、隋炀帝,亦大有文集,而所为多不法,宗社皆须臾倾覆。

——唐太宗

　　文学被学术同化的结果,可分三方面来说。一方面是章句的研究,可以李善为代表;另一方面是类书的编纂,可以号称博学的《兔园册子》与《北堂书钞》的编者虞世南为代表;第三方面便是文学本身的堆砌性,这方面很难推出一个代表来,因为当时一般文学者的体干似乎是一样高矮,挑不出一个特别魁梧的例子来。没有办法我们只好举唐太宗。并不是说唐太宗堆砌的成绩比别人精,或是他堆砌的比别人更甚,不过以一个帝王的地位,他的影响定不是一般人所能比的,而且他也曾经很明白的为这种文体张目过(这证据我们不久就要提出)。我们现在且把章句的研究,类书的纂辑,与夫文学本身的堆砌性三方面的关系谈一谈。

　　李善绰号"书簏",因为,据史书说,他是一个"淹贯古今,不能属辞"的人。史书又说他始初注《文选》,"释事而忘意",经他儿子李邕补益一次,才做到"附事以见义"的地步。李善这种只顾"事",不顾"意"的态度,其实是与类书家一样的。章句家是书簏,类书家也是书簏;章句家是"释事而忘意,类书家便是"采事而忘意"了。我这种说法并不苛刻,只消举出《群书治要》和《北堂书钞》或《艺文类聚》比一比,你便明白。同时抄书,同是一个时代的产物,但拿来和《治要》的"主意"的质素一比,《书钞》《类聚》"主事"的质素便显得格外分明了。章句家和类

类书与诗　5

书家的态度根本不同，创作家又何尝两样？假如选五种书，把它们排成下面这样次第：

《文选注》《北堂书钞》《艺文类聚》《初学记》，初唐某家的诗集。

（李善）有雅行，淹贯古今，不能属词，故人号"书簏"。

——见《新唐书·李邕传》

我们便看出一首初唐诗在构成程序中的几个阶段。劈头是"书簏"，收尾是一首唐初五十年间的诗。中间是从较散漫、较零星的"事"，逐渐的整齐化与分化。五种书同是"事"（文家称为辞藻）的征集与排比，同是一种机械的工作，其间只有工作精粗的程度差别，没有性质的悬殊。这里《初学记》虽是开元间的产物，但实足以代表较早的一个时期的态度：在我们讨论的范围内，这部书的体裁，看来最有趣。每一项题目下，最初是"叙事"，其次"事对"，最后便是成篇的诗赋或文。其实这三项中减去"事对"，就等于《艺文类聚》，再减去诗赋文便等于《北堂书钞》。所以我们由《书钞》看到《初学记》，便看出了一部类书的进化史，而在这类书的进化中一首初唐诗的构成程序也就完全暴露出来了。你想，一首诗做到有了"事对"的程度，岂不是已经成功了一半吗？余剩的工作，无非是将"事对"装潢成五个字一幅的更完整的对联，拼上韵脚，再安上一头一尾罢了（五言律是当时最风行的体裁，但这里，我没有把调平仄算进去，因为当时的诗，平仄多半是不调的）。这样看来，若说唐初五十年间的类书是较粗糙的诗,他们的诗是精密的类书,许不算强词夺理吧?

《旧唐书·文苑传》里所收的作家,虽有着不少的诗人,但除了崔信明的一句"枫落吴江冷"是类书的范围所容纳不下的,其余作家的产品不干脆就是变相的类书吗?

唐太宗之不如隋炀帝,不仅在没有作过一篇《饮马长城窟行》而已,便拿那"南化"了的隋炀帝,和"南化"了的唐太宗打比,像前者的"暮江平不动,春花满正开。流波将月云,潮水带星来",甚至"鸟击初移树,鱼寒不隐苔"(《隋遗录》所载炀帝诸诗皆明秀可诵,然系唐人伪托。《铁围山丛话》引佚句"寒鸦飞数点,流水绕孤村"亦伪。——原注),又何尝是后者有过的?不但如此,据说炀帝为妒嫉"空梁落燕泥"和"庭草无人随意绿"两句诗,曾经谋害过两条性命。"枫落吴江冷"比起前面那两只名句如何?不知道崔信明之所以能保天年,是因为太宗的度量比炀帝大呢,还是他的眼力比炀帝低。这不是说笑话,假如我们能回答这问题,那么太宗统治下的诗作的品质之高低,便可以判定了。归真的讲,崔信明这人,恐怕太宗根本就不知道,所以他并没有留给我们那样测验他的度量或眼力的机会,但这更足以证明太宗对于好诗的认识力很差,假如他是有眼力的话,恐怕当日撑持诗坛的台面的,是崔信明、王绩,甚至王梵志,而不是虞世南、李百药一流人了。

洛阳春稍晚,四望满春晖。
杨叶行将暗,桃花落未稀。

窥檐燕争入，穿林鸟乱飞。
唯当关塞者，溽露方沾衣。

——隋炀帝《晚春诗》

讲到这里，我们也许要想到前面所引时人批评李善"释事而忘意"和我批评类书家"采事而忘意"两句话。现在我若给那些作家也加上一句"用事而忘意"的案语，我想读者们必不以为过分，拿虞世南、李百药来和崔信明、王绩、王梵志相比，不简直是"事"与"意"的比照吗？我们因此想到魏徵的《述怀》，颇被人认作这时期中的一首了不得的诗。《述怀》在唐代开国时的诗中所占的地位，据说有如魏徵本人在那时期政治上的地位一般的优越。这意见未免有点可笑，而替唐诗设想，居然留下生这意见的余地，也就太可怜了。平心说《述怀》是一首平庸的诗，只因这作者不像一般的作者，他还不曾忘记那"诗言志"的古训，所以结果虽平庸而仍不失为"诗"。选家们搜出魏徵来代表初唐诗，足见那一个时代的贫乏。太宗和虞世南、李百药，以及当时成群的词臣，做了几十年的诗，到头还要靠这诗坛的局外人魏徵，来维护一点较清醒的诗的意识，这简直是他们的耻辱！

中原初逐鹿，投笔事戎轩。
纵横计不就，慷慨志犹存。
杖策谒天子，驱马出关门。
请缨系南越，凭轼下东藩。
郁纡陟高岫，出没望平原。

古木鸣寒鸟，空山啼夜猿。
既伤千里目，还惊九逝魂。
岂不惮艰险？深怀国士恩。
季布无二诺，侯嬴重一言。
人生感意气，功名谁复论。

——魏徵《述怀》

不怕太宗和他率领下的人们为诗干得多热闹，究竟他们所热闹的，与其说是诗，不如说是学术。关于修辞立诚四个字，即算他们做到了修辞（但这仍然是疑问），那立诚的观念，在他们的诗里可说整个不存在。唐初人的诗，离诗的真谛是这样远，所以，我若说唐初是个大规模征集辞藻的时期，我所谓征集辞藻者，实在不但指类书的纂辑，连诗的制造也是应属于那个范围里的。

上述的情形，太宗当然要负大部分的责任：我们曾经说到太宗为堆砌式的文体张目过，不错，看他亲撰的《晋书·陆机传论》便知道：

观夫陆机、陆云，实荆衡之杞梓，挺珪璋于秀实，驰英华于早年。风鉴澄爽，神情俊迈；文藻宏丽，独步当时；言论慷慨，冠乎终古。高词迥映，如朗月之悬光；叠意回舒，若重岩之积秀。千条析理，则电拆霜开；一绪连文，则珠流璧合。其词则深而雅，其义则博而显。故足远超枚、马，高蹑王、刘，百代文宗，一人而已。

因为他崇拜的陆机，是"文藻宏丽"，与夫"叠意回舒，若重岩之积秀"，"一绪连文，则珠流璧合"的陆机，所以太宗于他的群臣中就最钦佩虞世南。褚亮在《十八学士赞》中，是这样赞虞世南的：

笃行扬声，雕文绝世；网罗百家，并包六艺。

两《唐书·虞世南传》都说，他与兄世基同入长安，时人比作晋之二陆，"新"传又品评这两弟兄说：

世基辞章清劲过世南，而赡博不及也。

这样的虞世南，难怪太宗要认为是"与我犹一体"，并且在世南死后，还有"锺子期死，伯牙不复鼓琴"之叹。这虞世南，我们要记住，便是《兔园册子》和《北堂书钞》的著者，这一点极其重要。这不啻明白告诉我们，太宗所鼓励的诗，是"类书家"的诗，也便是"类书式"的诗。总之，太宗毕竟是一个重实际的事业中人，诗的真谛，他并没有，恐怕也不能参透。他对于诗的了解，毕竟是个实际的人的了解。他所追求的只是文藻，是浮华。不，是一种文辞上的浮肿，也就是文学的一种皮肤病。这种病症，到了上官仪的"六对""八对"，便严重到极点，几乎有危害到诗的生命的可能。于是因察觉了险象而愤激的少年"四杰"，便不得不大声疾呼，抢上来施以针砭了。

垂绥饮清露,流响出疏桐。

居高声自远,非是藉秋风。

——虞世南《蝉》

原载《大公报·文艺副刊》第五十二期丛话

宫体诗的自赎

宫体诗就是宫廷的,或以宫廷为中心的艳情诗。它是个有历史性的名词,所以严格地讲,宫体诗又当指以梁简文帝为太子时的东宫及陈后主、隋炀帝、唐太宗等几个宫廷为中心的艳情诗。我们该记得从梁简文帝当太子到唐太宗晏驾中间一段时期,正是谢朓已死,陈子昂未生之间一段时期。这期间没有出过一个第一流的诗人。那是一个以声律的发明与批评的勃兴为人所推重,但论到诗的本身,则为人所诟病的时期。没有第一流诗人,甚至没有任何诗人,不是一桩罪过。那只是一个消极的缺憾。但这时期却犯了一桩积极的罪。它不是一个空白,而是一个污点,就因为他们制造了些有如下面这样的宫体诗:

长筵广未同,上客娇难逼。还杯了不顾,回身正颜色。(高爽《咏酌酒人》)

众中俱不笑,座上莫相撩。(邓铿《奉和夜听妓声》)

隔墙花半隐，犹见动花枝。
当由美人摘，讵止春风吹。

——南朝梁　刘孝威《望隔墙花》

膏腴子弟，耻文不逮，终朝点缀，分夜呻吟。

——钟嵘《诗品序》

这里所反映的上客们的态度，便代表他们那整个宫廷内外的气氛。人人眼角里是淫荡：

上客徒留目，不见正横陈。（鲍泉《敬酬刘长史咏名士悦倾城》）

人人心中怀着鬼胎：

春风别有意，密处也寻香。（李义府《堂堂词》）
长廊欣目送，广殿悦逢迎。何当曲房里，幽隐无人声。

——南朝梁　刘令娴《光宅寺》

对姬妾娼妓如此，对自己的结发妻亦然（刘孝威《郡县寓见人织率尔赠妇》便是一例）。于是发妻也就成了倡家。徐悱写得出《对房前桃树咏佳期赠内》那样一首诗，他的夫人刘令娴为什么不可以写一首《光宅寺》来赛过他？索性大家都揭开了：

官体诗的自赎　13

知君亦荡子，贱妾自倡家。（吴均《鼓瑟曲·有所思》）

因为也许她明白她自己的秘诀是什么：

自知心所爱，出入仕秦宫。谁言连尹屈，更是莫敖通？（简文帝《艳歌篇十八韵》）

简文帝对此并不诧异，说不定这对他，正是件称心的消息。堕落是没有止境的。从一种变态到另一种变态往往是个极短的距离，所以现在像简文帝《娈童》，吴均《咏少年》，刘孝绰《咏小儿采莲》，刘遵《繁华应令》以及陆厥《中山王孺子妾歌》一类作品，也不足令人惊奇了。变态的又一类型是以物代人为求满足的对象。于是绣领、拍腹、履、枕、席、卧具……全有了生命，而成为被沾污者。推而广之，以至灯烛、玉阶、梁尘，也莫不踊跃地助他们集中意念到那个荒唐的焦点，不用说，有机生物如花蕊莺蝶等更都是可人的同情者。

可怜周小童。微笑摘兰丛。
鲜肤胜粉白。慢脸若桃红。
挟弹雕陵下。垂钩莲叶东。
腕动飘香麝。衣轻任好风。
幸承拂枕选。得奉画堂中。
金屏障翠被。蓝帔覆薰笼。
本知伤轻薄。含词羞自通。

剪袖恩虽重。残桃爱未终。

蛾眉讵须嫉。新妆迎入宫。

——南朝梁　刘遵《繁华应令》

罗荐已擘鸳鸯被，绮衣复有葡萄带。残红艳粉映帘中，戏蝶流莺聚窗外。（上官仪《八咏应制》）

看看以上的情形，我们真要疑心，那是作诗，还是在一种伪装下的无耻中求满足。在那种情形之下，你怎能希望有好诗！所以常常是那套褪色的陈词滥调，诗的本身并不能比题目给人以更深的印象。实在有时他们真不像是在作诗，而只是制题。这都是惨淡经营的结果：《咏人聘妾仍逐琴心》（伏知道），《为寒床妇赠夫》（王胄）。特别是后一例，尽有"闺情""秋思""寄远"一类的题面可用，然而作者偏要标出这样五个字来，不知是何居心。如果初期作者常用的"古意""拟古"一类暧昧的题面，是一种遮羞的手法，那么现在这些人是根本没有羞耻了！这由意识到文词，由文词到标题，逐步的鲜明化，是否要算作一种文字的裎裸狂，我不知道，反正赞叹事实的"诗"变成了标明事类的"题"之附庸，这趋势去《游仙窟》一流作品，以记事文为主，以诗副之的形式，已很近了。形式很近，内容又何尝远？《游仙窟》正是宫体诗必然的下场。

月净闺偏冷。更深夜转长。

霜纨犹掩扇。露縠未飘香。

宫体诗的自赎　15

解带惭连理。引被愧鸳鸯。

谁能未相识。还为守空床。

——隋　王胄《为寒床妇赠夫》

我还得补充一下宫体诗在它那中途丢掉的一个自新的机会。这专以在昏淫的沉迷中作践文字为务的宫体诗,本是衰老的、贫血的南朝宫廷生活的产物,只有北方那些新兴民族的热与力才能拯救它。因此我们不能不庆幸庾信等之入周与被留,因为只有这样,宫体诗才能更稳固的移殖在北方,而得到它所需要的营养。果然被留后的庾信的《乌夜啼》《春别诗》等篇,比从前在老家作的同类作品,气色强多了。移殖后的第二三代本应不成问题。谁知那些北人骨子里和南人一样,也是脆弱的,禁不起南方那美丽的毒素的引诱,他们马上又屈服了。除薛道衡《昔昔盐》《人日思归》,隋炀帝《春江花月夜》三两首诗外,他们没有表现过一点抵抗力。炀帝晚年可算热忱的效忠于南方文化了。文艺的唐太宗,出人意料之外,比炀帝还要热忱。于是庾信的北渡完全白费了。宫体诗在唐初,依然是简文帝时那没筋骨、没心肝的宫体诗。不同的只是现在词藻来得更细致。声调更流利,整个的外表显得更乖巧,更酥软了。说唐初宫体诗的内容和简文时完全一样,也不对。因为除了搬出那僵尸"横陈"二字外,他们在诗里也并没有讲出什么,这又教人疑心这辈子人已失去了积极犯罪的心情。恐怕只是词藻和声调的试验给他们羁縻着一点作这种诗的兴趣(词藻声调与宫体有着先天与历史的联系)。宫体诗在当时可说是一种不自主的虚伪的存在。原来从虞世南到上官仪是连堕落的诚意都没有了。此真所谓"萎靡不振"!

庾信文章老更成,凌云健笔意纵横。
——杜甫《戏为六绝句》

江左宫商发越,贵于清绮;河朔词义贞刚,重乎气质。
——《北史·文苑传》

桂树悬知远,风竿讵肯低。
独怜明月夜,孤飞犹未栖。
虎贲谁见惜,御史讵相携。
虽言入弦管,终是曲中啼。
——庾信《乌夜啼》

但是堕落毕竟到了尽头,转机也来了。

在窒息的阴霾中,四面是细弱的虫吟,虚空而疲倦,忽然一声霹雳,接着的是狂风暴雨!虫吟听不见了,这样便是卢照邻《长安古意》的出现。这首诗在当时的成功不是偶然的。放开了粗豪而圆润的嗓子,他这样开始:

长安大道连狭斜,青牛白马七香车。玉辇纵横过主第,金鞭络绎向侯家!龙衔宝盖承朝日,凤吐流苏带晚霞。百丈游丝争绕树,一群娇鸟共啼花……

这生龙活虎般腾踔的节奏，首先已够教人们如大梦初醒而心花怒放了。然后如云的车骑，载着长安中各色人物panoram式的一幕幕出现，通过"五剧三条"的"弱柳青槐"来"共宿娼家桃李蹊"。诚然这不是一场美丽的热闹。但这颠狂中有战栗，堕落中有灵性：

得成比目何辞死，愿作鸳鸯不羡仙。

比起以前那光是病态的无耻——

相看气息望君怜，谁能含羞不肯前！（简文帝《乌栖曲》）

如今这是什么气魄！对于时人那虚弱的感情，这真有起死回生的力量。最后：

节物风光不相待，桑田碧海须臾改。昔时金阶白玉堂，即今唯见青松在！

似有"劝百讽一"之嫌。对了，讽刺，宫体诗中讲讽刺，多么生疏的一个消息！我几乎要问《长安古意》究竟能否算宫体诗。从前我们所知道的宫体诗，自萧氏君臣以下都是作者自身下流意识的口供，那些作者只在诗里。这回卢照邻却是在诗里，又在诗外，因此他能让人人以一个清醒的旁观的自我，来给另一自我一声警告。这两种态度相差多远！

一变而精华浏亮；抑扬起伏，悉谐宫商。……七言长体，极于此矣！

——胡应麟《诗薮·内编》

寂寂寥寥扬子居，年年岁岁一床书。独有南山桂花发，飞来飞去袭人裾。

这篇末四句有点突兀，在诗的结构上既嫌蛇足，而且这样说话，也不免暴露了自己态度的褊狭，因而在本篇里似乎有些反作用之嫌。可是对于人性的清醒方面，这四句究不失为一个保障与安慰。一点点艺术的失败，并不妨碍《长安古意》在思想上的成功。他是宫体诗中一个破天荒的大转变，一手挽住衰老了的颓废，教给他如何回到健全的欲望，一手又指给他欲望的幻灭。这诗中善与恶都是积极的，所以二者似相反而相成。我敢说《长安古意》的恶的方面比善的方面还有用。不要问卢照邻如何成功，只看庾信是如何失败的。欲望本身不是什么坏东西。如果它走入了歧途，只有疏导一法可以挽救，壅塞是无效的。庾信对于宫体诗的态度，是一味的矫正，他仿佛是要以非宫体代宫体。反之，卢照邻只要以更有力的宫体诗救宫体诗，他所争的是有力没有力，不是宫体不宫体。甚至你说他的方法是以毒攻毒也行，反正他是胜利了。有效的方法不就是对的方法吗？

矛盾就是人性，诗人作诗本不必对自己的行为负责。原来《长安古意》的"年年岁岁一床书"，只是一句诗而已。即令作诗时事实如此，大概不久以后情形就完全变了，骆宾王的《艳情代郭氏答卢照邻》便是铁证。故事是这样的：照邻在蜀中有一个情妇郭氏，正当她有孕时，照邻因事要回洛阳去，临行相约不久回来正式成婚。谁知他一去两年不返，而且在三川有了新人。这里她望他的音信既望不到。孩子也丢了。"悲鸣五里无人问，肠断三声谁为续！"除了骆宾王给寄首诗去替她申一回冤，这悲剧又能有什么更适合的收场呢？一个生成哀艳的传奇故事，可惜骆宾王没赶上蒋防、李公佐的时代。我的意思是：故事最适宜于小说，而作者手头却只有一个诗的形式可供采用。这试验也未尝不可作。然而他偏偏又忘记了《孔雀东南飞》的典型。凭一枝作判词的笔锋（这是他的当行），他只草就了一封韵语的书札而已。然而是试验，就值得钦佩。骆宾王的失败，不比李百药的成功有价值吗？他至少也替《秦妇吟》垫过路。

这以"一抔之土未干，六尺之孤何托"，教历史上第一位英威的女性破胆的文士，天生一副侠骨，专喜欢管闲事，打抱不平、杀人报仇、革命、帮痴心女子打负心汉，都是他干的。《代女道士王灵妃赠道士李荣》里没讲出具体的故事来，但我们猜得到一半，还不是卢郭公案那一类的纠葛？李荣是个有才名的道士（见《旧唐书·儒学·罗道琮传》，卢照邻也有过诗给他）。故事还是发生在蜀中，李荣往长安去了，也是许久不回来。王灵妃急了，又该骆宾王给去信促驾了。不过这回的信却写得比较像首诗。其所以然，倒不在"梅花如雪柳如丝，年去年来不自持。初言别在寒偏在，何悟春来春更思。"一类响亮句子，而是那一气到底而又缠绵往复的旋律之中，有着欣欣向荣的情绪。《代女道士王灵妃赠道士李荣》的成功，仅次于《长安古意》。

> 玄都五府风尘绝，碧海三山波浪深。
> 桃实千年非易待，桑田一变已难寻。
> 别有仙居对三市，金阙银宫相向起。
> 台前镜影伴仙娥，楼上箫声随凤史。
> 凤楼迢递绝尘埃，莺时物色正裴回。
> 灵芝紫检参差长，仙桂丹花重叠开。
> 双童绰约时游陟，三鸟联翩报消息。
> 尽言真侣出遨游，传道风光无限极。……
> ——骆宾王《代女道士王灵妃赠道士李荣》

和卢照邻一样，骆宾王的成功，有不少成分是仗着他那篇幅的。上文所举过的二人的作品，都是宫体诗中的云冈造像，而宾王尤其好大成癖（这可以他那以赋为诗的《帝京篇》《畴昔篇》为证）。从五言四句的《自君之出矣》，扩充到卢骆二人洋洋洒洒的巨篇，这也是宫体诗的一个剧变。仅仅篇幅大，没有什么，要紧的是背面有厚积的力量撑持着。这力量，前人谓之"气势"，其实就是感情。有真实感情，所以卢骆的来到，能使人们麻痹了百余年的心灵复活。有感情，所以卢骆的作品，正如杜甫所预言的，"不废江河万古流"。

从来没有暴风雨能够持久的。果然持久了，我们也吃不消，所以我们要它适可而止。因为，它究竟只是一个手段，打破郁闷烦躁的手段；也只是一个过程，达到雨过天晴的过程。手段的作用是有时效的，过程的时间也不宜太长，所以在宫体诗的园地上，我们很侥幸的碰见了卢骆，可也很愿意能早点离开他们——为的是好和刘希夷会面。

> 秋天风飒飒，群胡马行疾。
> 严城昼不开，伏兵暗相失。
> 天子庙堂拜，将军凶门出。
> 纷纷伊洛道，戎马几万匹。
> 军门压黄河，兵气冲白日。
> 平生怀仗剑，慷慨即投笔。
> 南登汉月孤，北走代云密。
> 近取韩彭计，早知孙吴术。
> 丈夫清万里，谁能扫一室。
>
> ——刘希夷《从军行》

占来容光人所羡，况复今日遥相见？愿作轻罗著细腰，愿为明镜分娇面。（《公子行》）

这不是什么十分华贵的修词，在刘希夷也不算最高的造诣。但在宫体诗里，我们还没听见过这类的痴情话。我们也知道他的来源是《同声诗》和《闲情赋》。但我们要记得，这类越过齐梁，直向汉晋人借贷灵感，在将近百年以来的宫体诗里也很少人干过呢！

陈隋滞气，被此君以大江大沙，挽水洗尽，脱了琉璃光明世界。

——明　谭元春

与君相向转相亲，与君双栖共一身。愿作贞松千岁古，谁论芳槿一朝新！百年同谢西山日，千秋万古北邙尘。（《公子行》）

这连同它的前身——杨方《合欢》诗，也不过是常态的、健康的爱情中，极平凡、极自然的思念，谁知道在宫体诗中也成为了不得的稀世的珍宝。回返常态确乎是刘希夷的一个主要特质，孙翌编《正声集》时把刘希夷列在卷首，便已看出这一点来了。看他即便哀艳到如：

自怜妖艳姿，妆成独见时。愁心伴杨柳，春尽乱如丝。（《春女行》）

携笼长叹息，逶迤恋春色。看花若有情，倚树疑无力。薄暮思悠悠，使君南陌头。相逢不相识，归去梦青楼。（《采桑》）

（孙季良编选《正声集》）以刘希夷诗为集中之最，由是大为时人所称。

——《大唐新语》

也从没有不归于正的时候。感情返到正常状态是宫体诗的又一重大阶段。唯其如此，所以烦躁与紧张都消失了。只剩下一片晶莹的宁静。就在此刻，恋人才变成诗人，憬悟到万象的和谐，

宫体诗的自赎

与那一水一石一草一木的神秘的不可抵抗的美,而不禁受创似的哀叫出来:

可怜杨柳伤心树!可怜桃李断肠花!(《公子行》)

但正当他们叫着"伤心树""断肠花"时,他已从美的暂促性中认识了那玄学家所谓的"永恒"——一个最缥缈,又最实在,令人惊喜,又令人震怖的存在,在它面前一切都变渺小了,一切都没有了。自然认识了那无上的智慧,就在那彻悟的一刹那间,恋人也就是变成哲人了:

洛阳城东桃李花,飞来飞去落谁家?洛阳女儿好颜色,坐见落花长叹息——今年花落颜色改,明年花开复谁在!……古人无复洛城东,今人还对落花风。年年岁岁花相似,岁岁年年人不同。(《代悲白头翁》)

相传刘希夷吟到"今年花落……"二句时,吃一惊,吟到"年年岁岁……"二句,又吃一惊。后来诗被宋之问看到,硬要让给他,诗人不肯,就生生的被宋之问给用土囊压死了。于是诗就算验谶了。编故事的人的意思自然是说,刘希夷泄露了天机,论理该遭天谴。这是中国式的文艺批评,隽永而正确,我们在千载之下,不能,也不必改动它半点,不过我们可以用现代语替它诠释一遍:所谓泄露天机者,便是悟到宇宙意识之谓。从蜣螂转丸式的宫体诗一跃而到庄严的宇宙意识,这可太远了,太惊人了!这时的刘希夷实已跨近了张若虚半步，而离绝顶不远了。

继卢骆之后，刘希夷和张若虚进一步发展了七言歌行。

——游国恩《中国文学史》

如果刘希夷是卢骆的狂风暴雨后宁静爽朗的黄昏，张若虚便是风雨后更宁静更爽朗的月夜。《春江花月夜》本用不着介绍，但我们还是忍不住要谈谈。就宫体诗发展的观点看，这首诗尤有大谈的必要。

春江潮水连海平，海上明月共潮生。滟滟随波千万里，何处春江无月明！江流宛转绕芳甸，月照花林皆似霰。空里流霜不觉飞，汀上白沙看不见。

在这种诗面前，一切的赞叹是饶舌，几乎是渎亵。它超过了一切的宫体诗有多少路程的距离，读者们自己也知道。我认为用得着一点让明的倒是下面这几句：

浅浅说去，节节相生，使人伤感，未免有情，自不能读，读不能厌，将'春江花月夜'五字，炼成一片奇光，分合不得，真化工手。

——明 钟惺《唐诗归》

……江畔何人初见月？江月何年初照人？人生代代无穷已，江月年年只相似。不知江月待何人,但见长江送流水!

更复绝的宇宙意识!一个更深沉,更寥廓,更宁静的境界!在神奇的永恒前面,作者只有错愕,没有憧憬,没有悲伤。从前卢照邻指点出"昔时金阶白玉堂,即今唯见青松在"时,或另一个初唐诗人——寒山子更尖酸的吟着"未必长如此,芙蓉不耐寒"时,那都是站在本体旁边凌视现实。那态度我以为太冷酷太傲慢,或者如果你愿意,也可以带点狐假虎威的神气,在相反的方向,刘希夷又一味凝视着"以有涯随无涯"的徒劳,而徒劳的为它哀毁着。那又未免太萎靡,太怯懦了。只张若虚这态度不亢不卑、冲融和易才是最纯正的。"有限"和"无限","有情"与"无情"——诗人与"永恒"猝然相遇,一见如故,于是谈开了——"江畔何人初见月?江月何年初照人?……江月年年只相似,不知江月待何人?"对每一问题,他得到的仿佛是一个更神秘的更渊默的微笑,他更迷惘了,然而也满足了。于是他又把自己的秘密倾吐给那缄默的对方:

白云一片去悠悠,青枫浦上不胜愁。
句句翻新,千条一缕,以动古今人心脾,灵愚共感。其自然独绝处,则在顺手积去,宛然成章。

——清 王夫之《唐诗评选卷一》

因为他想到她了,那"妆镜台"边的"离人"。他分明听见她的叹唶:

此时相望不相闻，愿逐月华流照君！

他说自己很懊悔，这飘荡的生涯究竟到几时为止！

昨夜闲潭梦落花，可怜春半不还家。江水流春去欲尽，江潭落月复西斜！

他在怅惘中，忽然记起飘荡的许不只他一人，对此清景，大概旁人也只得徒唤奈何吧？

斜月沉沉藏海雾，碣石潇湘无限路，不知乘月几人归，落月摇情满江树！

这里一番神秘而又亲切的、如梦境的晤谈，有的是强烈的宇宙意识，被宇宙意识升华过的纯洁的爱情，又由爱情辐射出来的同情心，这是诗中的诗，顶峰上的顶峰。从这边回头一望，连刘希夷都是过程了，不用说卢照邻和他配角骆宾王，更是过程的过程。至于那一百年间梁陈隋唐四代宫廷所遗下了那分最黑暗的罪孽，有了《春江花月夜》这样一首宫体诗，不也就洗净了吗？向前替宫体诗赎清了百年的罪，因此，向后也就和另一个顶峰陈子昂分工合作，清除了盛唐的路——张若虚的功绩是无从估计的。

张若虚《春江花月夜》用《西洲》格调,孤篇横绝,竟为大家。

——清 王闿运《论唐诗诸家源流——答陈完夫问》

民国三十年(1941)八月二十二日陈家营

原载《当代评论》第十期

四 杰

继承北朝系统而立国的唐朝的最初五十年代,本是一个尚质的时期,王杨卢骆都是文章家。"四杰"这徽号,如果不是专为评文而设的,至少它的主要意义是指他们的赋和四六文。谈诗而称四杰,虽是很早的事,究竟只能算借用。是借用,就难免有"削足适履"和"挂一漏万"的毛病了。

炯与王勃、卢照邻、骆宾王以文诗齐名,海内称为王杨卢骆,亦号为四杰。

——《旧唐书·杨炯传》

按通常的了解,诗中的四杰是唐诗开创期中负起了时代使命的四位作家:他们都年少而才高,官小而名大,行为都相当浪漫,遭遇尤其悲惨(四人中三人死于非命)——因为行为浪漫,所以受尽了人间的唾骂;因为遭遇悲惨,所以也赢得了不少的同情。依这样一个概括，简明，也就是肤廓的了解，"四杰"这徽号是满可以适用的，但这也就是它的适用性的最大限度。超过了这限度，假如我们还问到：这四人集团中每个单元的个别情形和相互关系，尤其他们在唐诗发展的路线网里，究竟代表着哪一条，或数条线和这线在网的整个体系中所担负的任务——假如问到这些方面，"四杰"这徽号的功用与适合性，马上就成问题了。因为诗中的四杰，并非一个单纯的、统一的宗派，而是一个大宗中包孕着两个小宗，而两小宗之间，同点恐怕还不如异点多。因之，在讨论问题时，"四杰"这名词所能给我们的方便，恐怕也不如纠葛多。数字是个很方便的东西，也是个很麻烦的东西。既在某一观点下凑成了一个数目，就不能由你在另一观点下随便拆开它。不能拆开，又不能废弃它，所以就麻烦了。"四杰"这徽号，我们不能，也不想废弃，可是我承认是抱着"息事宁人"的苦衷来接受它的。

王杨卢骆当时体，轻薄为文哂未休，尔曹身与名俱灭，不废江河万古流。

——杜甫《戏为六绝句（其二）》

王勃高华，杨炯雄厚，照邻清藻，宾王坦易，子安其最杰乎？调入初唐，时带六朝锦色。

——陆时雍《诗镜总论》

四杰无论在人的方面，或诗的方面，都天然形成两组或两派。先从人的方面讲起。

将四人的姓氏排成"王杨卢骆"这特定的顺序，据说寓有品第文章的意义，这是我们熟知的事实。但除这人为的顺序外，好像还有一个自然的顺序，也常被人采用——那便是序齿的顺序：我们疑心张说《裴公神道碑》"在选曹见骆宾王、卢照邻、王勃、杨炯"和那云卿《骆瑟集序》"与卢照邻、王勃、杨炯文词齐名"，乃至杜诗"纵使卢王操翰墨"等语中的顺序，都属于这一类。严格的序齿应该是卢骆王杨，其间卢骆一组，王杨一组，前者比后者平均大了十岁的光景。然则卢骆的顺序，在上揭张郗二文里为什么都颠倒了呢？郗序是为了行文的方便，不用讲。张碑，我想是为了心理的缘故，因为骆与裴（行俭）交情特别深，为裴作碑，自然首先想起骆来。也许骆赴选曹本在先，所以裴也先见到他。果然如此，则先骆后卢，是采用了另一事实作标准。但无论依哪个标准说，要紧的还是在张郗两文里，前二人（骆卢）与后二人（王杨）之间的一道鸿沟（即平均十岁左右的差别）依然存在：所以即使张碑完全用的另一事实——赴选的先后作为标准，我们依然可以说，王杨赴选在卢骆之后，也正说明了他们年龄小了许多。实在，卢骆与王杨简直可算作两辈子人。据《唐会要》卷八二："显庆二年（657）。诏徵太白山人孙思邈入京，卢照邻、宋令文、孟诜皆执师赘之礼。"令文是宋之问的父亲，而之问是杨炯同寮的好友，卢与之问的父亲同辈，而杨与之问本人同辈，那么卢与杨岂不是不能同辈了吗？明白了这一层，杨炯所谓"愧在卢前，耻居王后"，便有了确解。杨年纪比卢小得多，名字反在卢前，有愧不敢当之感。所以说"愧在卢前"。反之，他与王多分是同年，名字在王后，说"耻居王后"，正是不甘心的意思。

杨盈川文思如悬河注水,酌之不竭,既优于卢,亦不减王。

——张说

盈川近体,虽神俊输王,而整肃浑雄。究其体裁,实为正始。

——明　胡应麟《诗薮·内编》卷四

比年龄的距离更重要的一点,便是性格的差异:在性格上,四杰也天然形成两种类型,卢骆一类,王杨一类。诚然,四人都是历史上著名的"浮躁浅露"不能"致远"的殷鉴,每人"丑行"的事例,都被谨慎的保存在史乘里了,这里也毋庸赘述。但所谓"浮躁浅露"者,也有程度深浅的不同:杨炯,相传据裴行俭说,比较"沉静"。其实王勃除擅杀官奴那不幸事件外(杀奴在当时社会上并非一件太不平常的事),也不能算过分的"浮躁":一个人在短短二十八年的生命里,已经完成了这样多方面的一大堆著述:

《舟中纂序》五卷,《周易发挥》五卷,《次论语》十卷,《汉书指瑕》十卷,《大唐千岁历》若干卷,《黄帝八十一难经注》若干卷甲《合论》十卷,《续文中子书序诗序》若干篇,《玄经传》若干卷,《文集》三十卷。

烽火照西京,心中自不平。
牙璋辞凤阙,铁骑绕龙城。
雪暗凋旗画,风多杂鼓声。

宁为百夫长，胜作一书生。

——杨炯《从军行》

能够浮躁到哪里去呢？同王勃一样，杨炯也是文人而兼有学者倾向的，这满可以从他的《天文大象赋》和《驳孙茂道苏知几冕服议》中看出。由此看来，王杨的性格确乎相近。相应的，卢骆也同属于另一类型，一种在某项观点下真可目为"浮躁"的类型。久历边塞而屡次下狱的博徒革命家骆宾王，不用讲了，看《穷鱼赋》和《狱中学骚体》，卢照邻也不像是一个安分的分子。骆宾王在《艳情代郭氏答卢照邻》里，便控告过他的薄幸。然而按骆宾王自己的口供：

但使封侯龙额贵，讵随中妇凤楼寒？

他原也是在英雄气概的烟幕下实行薄幸而已：看《忆蜀地佳人》一类诗，他并没有少给自己制造薄幸的机会。在这类事上，卢骆恐怕还是一丘之貉。最后，卢照邻那悲剧型的自杀和骆宾王的慷慨就义，不也还是一样？同是用不平凡的方式自动的结束了不平凡的一生。只是一悱恻，一悲壮，各有各的姿态罢了。

东西吴蜀关山远，鱼来雁去两难闻。
莫怪常有千行泪，只为阳台一片云。

——骆宾王《忆蜀地佳人》

这几乎是不可避免的发展：由年龄的两辈和性格的两类型，到友谊的两个集团。果然，卢骆二人交情，可凭骆的《艳情代郭氏答卢照邻》诗来坐实，而王杨的契合，则有王的《秋日饯别序》和杨的《王勃集序》可证。反之，卢或骆与王或杨之间，就看不出这样紧凑的关系来。就现存各家集中所可考见的说，卢王有两首同题分韵的诗，卢杨有一首同题同韵的诗，可见他们两辈人确乎在文酒之会中常常见面。可是太深的交情，恐怕谈不到。他们绝少在作品里互相提到彼此的名字，有之，只杨在《王勃集序》中说到一次："薛令公朝右文宗，托末契而推一变。卢照邻人间才杰，览清规而辍九攻。"这反足以证明卢骆与王杨属于两个壁垒，虽则是两个对立而仍不失为友军的壁垒。

九岁读颜氏《汉书》，撰《指瑕》十卷。十岁包综六经，成乎期月，悬然天得，自符音训。时师百年之学，旬日兼之，昔人千载之机，立谈可见。

——杨炯《王勃集序》

于是，我们便可谈到他们——卢骆与王杨——另一方面的不同了。年龄的不同辈，性格的不同类型，友谊的不同集团和作风的不同派，这些不也正是一贯的现象吗？其实，不待知道"人"方面的不同，我们早就应该发觉"诗"方面的不同了。假如不受传统名词的蒙蔽，我们早就该惊讶，为什么还非维持这"四"字不可，而不仿"前七子""后七子"的例，称卢骆为"前二杰"，王杨为"后二杰"难道那许多迹象，还不足以证明他们两派的不同吗？

首先，卢骆遭长七言歌行，王杨专工五律，这是两派选择形式的不同。当然卢骆也作五律，甚至大部分篇什还是五律，而王杨一派中至少王勃也有些歌行流传下来，但他们的长处决不在这些方面。像卢集中的：

风摇十洲影，日乱九江文。（《对李荣道士》）
川光摇水箭，山气上云梯。（《山庄休沐》）

和骆集中这样的发端：

故人无与晤，安步陟山椒……（《冬日野望》）

在那贫乏的时代，何尝不是些夺目的珍宝？无奈这些有句无章的篇什，除声调的成功外，还是没有超过齐梁的水准。骆比较有些"完璧"，如《在狱咏蝉》类，可是又略无警策。同样，王的歌行，除《滕王阁歌》外，也毫不足观。便说《滕王阁歌》，和他那典丽凝重与凄情流动的五律比起来，又算得了什么呢！

滕王高阁临江渚，佩玉鸣鸾罢歌舞。
画栋朝飞南浦云，珠帘暮卷西山雨。
闲云潭影日悠悠，物换星移几度秋。
阁中帝子今何在？槛外长江空自流。

——王勃《滕王阁诗》

杜甫《戏为六绝句》第三首说："纵使卢王操翰墨，劣于汉魏近《风》《骚》。"这里是以卢代表卢骆，王代表王杨，大概不成问题。至于"劣于汉魏近《风》《骚》"，假如可以解作王杨"劣于汉魏"，卢骆"近《风》《骚》"，倒也有它的妙处，因为卢骆那用赋的手法写成的粗线条的宫体诗，确乎是《风》《骚》的余响，而王杨的五言，虽不及汉魏，却越过齐梁，直接上晋宋了，这未必是杜诗的原意，但我们不妨借它的启示来阐明一个真理。

卢骆与王杨选择形式不同，是由于他们两派的使命不同。卢骆的歌行，是用铺张扬厉的赋法膨胀过了的乐府新曲，而乐府新曲又是宫体诗的一种新发展，所以卢骆实际上是宫体诗的改造者。他们都曾经是两京和成都市中的轻薄子，他们的使命是以市井的放纵改造宫廷的堕落，以大胆代替羞怯，以自由代替局缩，所以他们的歌声需要大开大阖的节奏，他们必需以赋为诗。正如宫体诗在卢骆手里是由宫廷走到市井，五律到王杨的时代是从台阁移至江山与塞漠。台阁上只有仪式的应制，有"缔句绘章，揣合低卬"。到了江山与塞漠，才有低徊与怅惘，严肃与激昂，例如王的《别薛升华》《送杜少府之任蜀州》和杨的《从军行》《紫骝马》一类的抒情诗。抒情的形式，本无须太长，五言八句似乎恰到好处。前乎王杨，尤其应制的作品，五言长律用的还相当多。这是该注意的！五言八句的五律，到王杨才正式成为定型，同时完整的真正唐音的抒情诗也是这时才出现的。

　　明月沉珠浦，风飘濯锦川。
　　楼台临绝岸，洲渚亘长天。

飘泊成千里，栖遑共百年。

穷途唯有泪，远望独潸然。

——王勃《别薛升华》

将卢骆与王杨对照着看，真是一个说不尽的话题。我在旁处曾说明过从卢骆到刘（希夷）张（若虚）是一贯的发展，现在还要点醒，王杨与沈宋也是一脉相承。李商隐早无意的道着了秘密：

沈宋裁辞矜变律，王杨落笔得良朋。当时自谓宗师妙，今日惟观属对能。（《漫成章》）

以沈宋与王杨并举，实在是最自然、最合理的看法。"律"之"变"，本来在王杨手里已经完成了，而沈宋也是"落笔得良朋"的妙手，并且我们已经提过，杨炯和宋之问是好朋友。如果我们再知道他们是好到如之问《祭杨盈川文》所说的那程度，我们便更能了然于王杨与沈宋所以是一脉相承之故。老实说，就奠定五律基础的观点看，王杨与沈宋未尝不可视为一个集团。因此也有资格承受"四杰"的徽号，而卢骆与刘张也同样有理由，在改良宫体诗的观点下，被称为另一组"四杰"。一定要墨守着先入为主的传统观点，只看见"王杨卢骆"之为四杰，而抹煞了一切其他的观点，那只是拘泥，顽冥，甘心上传统名词的当罢了。

大君有命，徵子文房，余亦叨忝，随君颉颃。同趋北禁，并拜东堂，志事俱得，形骸两忘。载罹寒暑，贫病洛阳，裘马同弊，老幼均粮。自君出宰，南浮江海，余尝苦饥，今日犹在。

——宋之问《祭杨盈川文》

将卢骆与王杨分别的划归了刘张与沈宋两个集团后。再比一下刘张与沈宋在唐诗中的地位，便也更能了解卢骆与王杨的地位了。五律无疑是唐诗最主要的形式，在那时人心目中，五律才是诗的正宗。沈宋之被人推重，理由便在此。按时人安排的顺序，王杨的名字列在卢骆之上，也正因他们的贡献在五律，何况王杨的五律是完全成熟了的五律。而卢骆的歌行还不免于草率、粗俗的"轻薄为文"呢？论内在价值，当然王杨比卢骆高。然而，我们不要忘记卢骆曾用以毒攻毒的手段，凭他们那新式宫体诗，一举摧毁了旧式的"江左余风"的宫体诗，因而给歌行芟除了芜秽，开出一条坦途来。若没有卢骆，哪会有刘张，哪会有《长恨歌》《琵琶行》《连昌宫词》和《秦妇吟》，甚至于李杜高岑呢？看来，在文学史上，卢骆的功绩并不亚于王杨。后者是建设，前者是破坏，他们各有各的使命。负破坏使命的，本身就得牺牲，所以失败就是他们的成功。人们都以成败论事，我却愿向失败的英雄们多寄予点同情。

倡楼启曙扉，杨柳正依依。
莺啼知岁隔，条变识春归。
露叶凝秋黛，风花乱舞衣。
攀折将安寄，军中音信稀。

——卢照邻《折杨柳》
原载《世界学生》二卷七期

孟浩然（689—740）

当年孙润夫家所藏王维画的孟浩然像，据《韵语阳秋》的作者葛立方说，是个很不高明的摹本，连所附的王维自己和陆羽、张洎等三篇题识，据他看，也是一手摹出的。葛氏的鉴定大概是对的，但他并没有否认那"俗工"所据的底本——即张洎亲眼见到的孟浩然像，确是王维的真迹。这幅画，据张洎的题识说：

虽轴尘缣古，尚可窥览。观右丞笔迹，穷极神妙。襄阳之状颀而长，峭而瘦，衣白袍，靴帽重戴，乘款段马——一童总角，提书笈负琴而从——风仪落落，凛然如生。

骨貌淑清，风神散朗；救患释纷，以立义表；灌蔬艺竹，以全高尚。

——王士源《孟浩然集序》

这在今天，差不多不用证明，就可以相信是逼真的孟浩然。

并不是说我们知道浩然多病，就可以断定他当瘦。实在经验告诉我们，什九人是当如其诗的。你在孟浩然诗中所意识到的诗人那身影，能不是"颀而长，峭而瘦"的吗？连那件白袍，恐怕都是天造地设、丝毫不可移动的成分。白袍靴帽固然是"布衣"孟浩然分内的装束，尤其是诗人孟浩然必然的扮相。编《孟浩然集》的王士源应是和浩然很熟的人，不错，他在序文里用来开始介绍这位诗人的"骨貌淑清，风神散朗"八字，与夫陶翰《送孟六入蜀序》所谓"精朗奇素"，无一不与画像的精神相合，也无一不与孟浩然的诗境一致。总之，诗如其人，或人就是诗，再没有比孟浩然更具体的例证了。

寂寂竟何待？朝朝空自归。
欲寻芳草去，惜与故人违。
当路谁相假？知音世所稀。
只应守寂寞，还掩故园扉。

——孟浩然《留别王维》

张祜曾有过"襄阳属浩然"之句，我们却要说，浩然也属于襄阳。也许正惟浩然是属于襄阳的，所以襄阳也属于他。大半辈子岁月在这里度过，大多数诗章是在这地方，因这地方、为这地方而写的。没有第二个襄阳人比孟浩然更忠于襄阳，更爱襄阳的。晚年漫游南北，看过多少名胜，到头还是：

山水观形胜，襄阳美会稽。

实在襄阳的人杰地灵恐怕比它的山水形胜更值得人赞美。从汉阴丈人到庞德公，多少令人神往的风流人物，我们简直不能想像一部《襄阳耆旧传》，对于少年的孟浩然是何等深厚的一个影响。了解了这一层，我们才可以认识孟浩然的人，孟浩然的诗。

高才何必贵，下位不妨贤。孟简虽持节，襄阳属浩然。

——张祜《题孟处士宅》

隐居本是那时代普遍的倾向，但在旁人仅仅是一个期望，至多也只是点暂时的调济，或过期的赔偿，在孟浩然却是一个完完整整的事实。在构成这事实的复杂因素中，家乡的历史地理背景，我想，是很重要的一点。

在一个乱世，例如庞德公的时代，对于某种特别性格的人，入山采药，一去不返，本是唯一的出路。但生在"开元全盛日"的孟浩然，有那必要吗？然则为什么三番两次朋友伸过援引的手来，都被拒绝，甚至最后和本州采访使韩朝宗约好了一同入京，到头还是喝得酩酊大醉，让韩公等烦了，一赌气独自先走了呢？正如当时许多有隐士倾向的读书人，孟浩然本来是为隐居而隐居，为着一个浪漫的理想，为着对古人的一个神圣的默契而隐居。在他这回，无疑的那成立默契的对象便是庞德公。孟浩然当然不能为韩朝宗背弃庞公，鹿门山不许他，他自己家园所在，也就是"庞公栖隐处"的鹿门山，决不许他那样做。

北阙休上书,南山归敝庐。

不才明主弃,多病故人疏。

白发催年老,青阳逼岁除。

永怀愁不寐,松月夜窗虚。

——孟浩然《岁暮归南山》

鹿门月照开烟树,忽到庞公栖隐处。岩扉松径长寂寥,惟有幽人自来去。

这幽人究竟是谁?庞公的精灵,还是诗人自己?恐怕那时他自己也分辨不出,因为心理上他早与那位先贤同体化了。历史的庞德公给了他启示,地理的鹿门山给了他方便,这两项重要条件具备了,隐居的事实便容易完成得多了。实在,鹿门山的家园早已使隐居成为既成事实,只要念头一转,承认自己是庞公的继承人,此身便俨然是《高士传》中的人物了,总之,是襄阳的历史地理环境促成孟浩然一生老于布衣的。孟浩然毕竟是襄阳的孟浩然。

山寺鸣钟昼已昏,

鱼梁渡头争渡喧。

人随沙岸向江村,

余亦乘舟归鹿门。

鹿门月照开烟树,

忽到庞公栖隐处。

岩扉松径长寂寥,

惟有幽人自来去。

——孟浩然《夜归鹿门歌》

我们似乎为奖励人性中的矛盾,以保证生活的丰富,几千年来一直让儒道两派思想维护着均势,于是读书人便永远在一种心灵的僵局中折磨自己,巢由与伊皋,江湖与魏阙,永远矛盾着,冲突着。于是生活便永远不谐调,而文艺也便永远不缺少题材。矛盾是常态,愈矛盾则愈常态。今天是伊皋,明天是巢由,后天又是伊皋,这是行为的矛盾。当巢由时向往着伊皋,当了伊皋,又不能忘怀于巢由,这是行为与感情间的矛盾。在这双重矛盾的夹缠中打转,是当时一般的现象。反正用诗一发泄,任何矛盾都注销了。诗是唐人排解感情纠葛的特效剂,说不定他们正因有诗作保障,才敢于放心大胆的制造矛盾。因而那时代的矛盾人格才特别多。自然,反过来说,矛盾愈深愈多,诗的产量也愈大了。孟浩然一生没有功名,除在张九龄的荆州幕中当过一度清客外,也没有半个官职,自然不会发生第一项矛盾问题。但这似乎就是他的一贯性的最高限度。因为虽然身在江湖,他的心并没有完全忘记魏阙。下面不过是许多显明例证中之一:

大江分九派,
淼漫成水乡。
舟子乘利涉,
往来至浔阳。
因之泛五湖,

流浪经三湘。
观涛壮枚发,
吊屈痛沉湘。
魏阙心常在,
金门诏不忘。
遥怜上林雁,
冰泮已回翔。

——《自浔阳泛舟经明海》

欲济无舟楫,端居耻圣明。坐观垂钓者,徒有羡鱼情。

然而"羡鱼"毕竟是人情所难免的,能始终仅仅"临渊羡鱼",而并不"退而结网",实在已经是难得的一贯了。听李白这番热情的赞叹,便知道孟浩然超出他的时代多么远:

吾爱孟夫子,风流天下闻。红颜弃轩冕,白首卧松云。醉月频中圣,迷花不事君。高山安可仰,徒此揖清芬。

可是我们不要忘记矛盾与诗的因果关系,许多诗是为给生活的矛盾求统一、求调和而产生的。孟浩然既免除了一部分矛盾,对于他,诗的需要便当减少了。果然,他的诗是不多,量不多,质也不多。量不多,有他的同时人作见证,杜甫讲过的:"吾怜孟浩然,……赋诗虽不多,往往凌鲍谢。"质不多,前人似乎也早已见到。苏轼曾经批评他"韵高而才短,如造内法酒手,而无材料"。这话诚如张戒在《岁寒堂诗话》里所承认的,是说尽了孟浩然,但也要看才字如何解释。才如果是指才情与才学二者而言,那就对了,如果专指才学,还算没有说尽。情当然比学重要得多。说一个人的诗缺少情的深度和厚度，等于说他的诗的质不够高。孟浩然诗中质高的有是有些，数量总是太少。"气蒸云梦泽，波撼岳阳城"式的和"微云淡河汉，疏雨滴梧桐"式的句子，在集中几乎都找不出第二个例子。论前者，质和量当然都不如杜甫；论后者，至少在量上不如王维。甚至"不材明主弃，多病故人疏"，质量都不如刘长卿和十才子。这些都不是真正的孟浩然。真孟浩然不是将诗紧紧的筑在一联或一句里，而是将它冲淡了，平均的分散在全篇中：

孟浩然"微云淡河汉，疏雨滴梧桐"之句，东野集中未必有也。然使浩然当退之大敌，如《城南联句》，亦必困矣。子瞻云："浩然诗如内库法酒，即是上尊之规模，但欠酒才尔。"此论尽之。

——张戒《岁寒堂诗话》

出谷未停午，到家日已曛。回瞻下山路，但见牛羊群。樵子暗相失，草虫寒不闻。衡门犹未掩，伫立望夫君。

甚至淡到令你疑心到底有诗没有：

垂钓坐盘石，水清心亦闲。鱼行潭树下，猿挂岛藤间。游女昔解佩，传闻于此山。求之不可得，沼月棹歌还。

读孟公诗，且毋论怀抱，毋论格调，只其清空幽冷，如月中闻磬，石上听泉。

——翁方纲《石洲诗话》

孟浩然（689—740）

淡到看不见诗了，才是真正孟浩然的诗。不，说是孟浩然的诗，倒不如说是诗的孟浩然，更为准确。在许多旁人，诗是人的精华，在孟浩然，诗纵非人的糟粕，也是人的剩余。在最后这首诗里，孟浩然几曾做过诗？他只是谈话而已。甚至要紧的还不是那些话，而是谈话人的那副"风神散朗"的姿态。读到"求之不可得，沼月棹歌还"，我们得到一如张洎从画像所得到的印象，"风仪落落，凛然如生"。得到了象，便可以忘言；得到了"诗的孟浩然"，便可以忘掉"孟浩然的诗"了。这是我们前面所提到的"诗如其人"或"人就是诗"的另一解释。

超过了诗也好，够不上诗也好，任凭你从环子的哪一点看起。反正除了孟浩然，古今并没有第二个诗人到过这境界。东坡说他没有才，东坡自己的毛病，就在才太多。

庄子笑曰："周将处乎材与不材之间。材与不材之间，似之而非也，故未免乎累。"

谁能了解庄子的道理。就能了解孟浩然的诗，当然也得承认那点"累"。至于"似之而非"，而又能"免乎累"，那除陶渊明，还有谁呢？

原载《大国民报》

贾岛（779—843）

这像是元和长庆间诗坛动态中的三个较有力的新趋势。这边老年的孟郊，正哼着他那沙涩而带芒刺感的五古，恶毒的咒骂世道人心，夹在咒骂声中的，是卢仝、刘叉的"插科打诨"和韩愈的洪亮的嗓音，向佛老挑衅。那边元稹、张籍、王建等，在白居易的改良社会的大纛下，用律动的乐府调子，对社会泣诉着他们那各阶层中病态的小悲剧。同时远远的，在古老的禅房或一个小县的廨署里，贾岛、姚合领着一群青年人做诗，为各人自己的出路，也为着癖好，做一种阴黯情调的五言律诗（阴黯由于癖好，五律为着出路）。

秋气悲万物，惊风振长道。登高有所思，寒雨伤百草。平生有亲爱，零落不相保。五情今已伤，安得自能老。

——孟郊《感怀》

老年中年人忙着挽救人心，改良社会，青年人反不闻不问，只顾躲在幽静的角落里做诗，这现象现在看来不免新奇，其实正是旧中国传统社会制度下的正常状态。不像前两种人，或已"成名"，或已通籍，在权位上有说话做事的机会和责任，这般没功名、没宦籍的青年人，在地位上职业上可说尚在"未成年"时期，种种对国家社会的崇高责任是落不到他们肩上的。越俎代庖的行为是情势所不许的。所以恐怕谁也没想到那头上来。有抱负也好，没有也好，一个读书人生在那时代，总得做诗。做诗才有希望爬过第一层进身的阶梯。诗做到合乎某种程式，如其时运也凑巧，果然溷得一"第"，到那时，至少在理论上你才算在社会中"成年"了，才有说话做事的资格。否则万一你的诗做得不及或超过了程式的严限，或诗无问题而时运不济，那你只好做一辈子的诗，为责任做诗以自课，为情绪做诗以自遣。贾岛便是在这古怪制度之下被牺牲，也被玉成了的一个。在这种情形下，你若还怪他没有服膺孟郊到底，或加入白居易的集团，那你也可算不识时务了。

　　二句三年得，一吟双泪流。知音如不赏，归卧故山秋。
　　　　　　　　　　　　　　　　　　——贾岛《送无可上人》

　　孟郊死葬北邙山，日月星辰顿觉闲。天恐文章中断绝，再生贾岛在人间。
　　　　　　　　　　　　　　　　　　——韩愈《赠贾岛》

　　贾岛和他的徒众，为什么在别人忙着救世时，自己只顾做诗，我们已经明白了。但为什么单做五律呢？这也许得再说明一下。孟郊等为便于发议论而做五古，白居易等为讲故事而做乐府，都是为了各自特殊的目的，在当时习惯以外，匠心的采取了各自特殊的工具。贾岛一派人则没有那必要。为他们起见，当时最通行的体裁——五律就够了。一则五律与五言八韵的试帖最近，做五律即等于做功课，二则为拈拾点景物来烘托出一种情调，五律也正是一种标准形式。然而做诗为什么老是那一套阴霾、凛冽、峭硬的情调呢？我们在上文说那是由于癖好，但癖好又是如何形成的呢？这点似乎尤其重要。如果再明白了这点，便明白了整个的贾岛。

闽国扬帆去，蟾蜍亏复圆。秋风生渭水，落叶满长安。此地聚会夕，当时雷雨寒。兰桡殊未返，消息海云端。

——贾岛《忆江上吴处士》

我们该记得贾岛曾经一度是僧无本。我们若承认一个人前半辈子的蒲团生涯，不能因一旦返俗，便与他后半辈子完全无关，则现在的贾岛，形貌上虽然是个儒生，骨子里恐怕还有个释子在。所以一切属于人生背面的、消极的、与常情背道而驰的趣味，都可溯源到早年在禅房中的教育背景。早年记忆中"坐学白骨塔"，或"三更两鬓几枝雪，一念双峰四祖心"的禅味，不但是"独行潭底影，数息树边身"……"月落看心次，云生闭目中"一类诗境的蓝本，而且是"瀑布五千仞，草堂瀑布边"……"孤鸿来夜半，积雪在诸峰"，甚至"怪禽啼旷野，落日恐行人"的渊源。他目前那时代——一个走上了末路的荒凉、寂寞、空虚，一切罩在一层铅灰色调中的时代,在某种意义上与他早年记忆中的情调是调和,甚至一致的。惟其这时代的一般情调。基于他早年的经验,可说是先天的与他不但面熟,而且知心,所以他对于时代,不至如孟郊那样愤恨,或白居易那样悲伤。反之,他却能立于一种超然地位,藉此温寻他的记忆,端详它,摩挲它,仿佛一件失而复得的心爱的什物样。早年的经验使他在那荒凉得几乎狞恶的"时代相"前面,不变色,也不伤心,只感着一种亲切、融洽而已。于是他爱静、爱瘦、爱冷,也爱这些情调的象征——鹤、石、冰雪。黄昏与秋是传统诗人的时间与季候,但他爱深夜过于黄昏,爱冬过于秋。他甚至爱贫、病、丑和恐怖。他看不出"鹦鹉惊寒夜唤人"句一定比"山雨滴栖鸥"更足以令人关怀,也不觉得"牛羊识僮仆,既夕应传呼"较之"归吏封宵钥,行蛇入古桐"更为自然。也不能说他爱这些东西。如果是爱,那便太执着而邻于病态了(由于早年禅院的教育,不执着的道理应该是他早已懂透了的)。他只觉得与它们臭味相投罢了。更说不上好奇。他实在因为那些东西太不奇,太平易近人,才觉得它们"可人",而喜欢常常注视它们。如同一个三棱镜,毫无主见的准备接受并解析日光中各种层次的色调,无奈"世纪末"的云翳总不给他放晴,因此他最热闹的色调也不过"杏园啼百舌,谁醉在花傍"……"身事岂能遂?兰花又已开"和"柳转斜阳过水来"之类。常常是温馨与凄清揉合在一起:"芦苇声兼雨,芰荷香绕灯",春意留恋在严冬的边缘上:"旧房山雪在,春草岳阳生"。

相访夕阳时,千株木未衰。石泉流出谷,山雨滴栖鸥。漏向灯听数,酒因客寝迟。今宵不尽兴,更有月明期。

——贾岛《喜雍陶至》

下第只空囊,如何住帝乡!杏园啼百舌,谁醉在花傍?泪落故山远,病来春草长。知音逢岂易,孤棹负三湘。

——贾岛《下第》

他瞥见的"月影"偏偏不在花上而在"蒲根","栖鸟"不在绿杨中而在"棕花上"。是点荒凉感,就逃不脱他的注意,哪怕琐屑到"湿苔粘树瘿"。

以上这些趣味,诚然过去的诗人也偶尔触及到,却没有如今这样大量的、彻底的被发掘过,花样、层次也没有这样丰富。我们简直无法想象他给与当时人的,是如何深刻的一个刺激。不,不是刺激,是一种酣畅的满足。初唐的华贵,盛唐的壮丽,以及最近十才子的秀媚,都已腻味了,而且容易引起一种幻灭感,他们需要一点清凉,甚至一点酸涩来换换口味。在多年的热情与感伤中,他们的感情也疲乏了,现在他们要休息。他们所熟习的禅宗与老庄思想也这样开导他们。孟郊、白居易鼓励他们再前进。眼看见前进也是枉然,不要说他们早已声嘶力竭。况且有时在理论上就释道二家的立场说,他们还觉得"退"才是正当办法。正在苦闷中,贾岛来了,他们得救了,他们惊喜得像发现了一个新天地,真的,这整个人生的半面,犹如一日之中有夜,四时中有秋冬——为什么老被保留着不许窥探?这里确乎是一个理想的休息场所。让感情与思想都睡去,只感官张着眼睛往有清凉色调的地带涉猎去：

> 燕存鸿已过，海内几人愁。
> 欲问南宗理，将归北岳修。
> 若无攀桂分，只是卧云休。
> 泉树一为别，依稀三十秋。
>
> ——贾岛《青门里作》

> 叩齿坐明月，搘颐望白云。

休息又休息，对了，惟有休息可以驱除疲惫，恢复气力，以便应付下一场的紧张。休息，这政治思想中的老方案，在文艺态度上可说是第一次被贾岛发现的。这发现的重要性可由它在当时及以后的势力中窥见。由晚唐到五代，学贾岛的诗人不是数字可以计算的，除极少数鲜明的例外，是向着词的意境与词藻移动的，其余一般的诗人大众，也就是大众的诗人。则全属于贾岛。从这观点看，我们不妨称晚唐五代为贾岛时代。他居然被崇拜到这地步：

> 李洞……酷慕贾长江，遂铜写岛像，戴之巾中，常持数珠念贾岛佛。人有喜贾岛诗者，洞必手录岛诗赠之，叮咛再四曰："此无异佛经，归焚香拜之。"（《唐才子传》九）
> 南唐孙晟……尝画贾岛像，置于屋壁，晨夕事之。（《郡斋读书志》十八）

贾阆仙……同时喻凫、顾非熊，继此张乔、张蠙、李频、刘得仁，凡晚唐诸子，皆于纸上北面，随其所得深浅，皆足以终其身而名后世。

——宋方岳《深雪偶谈》

上面的故事，你尽可解释为那时代人们的神经病的象征，但从贾岛方面看，确乎是中国诗人从未有过的荣誉，连杜甫都不曾那样老实的被偶像化过。你甚至说晚唐五代之崇拜贾岛是他们那一个时代的偏见和冲动，但为什么几乎每个朝代的末叶都有回向贾岛的趋势？宋末的四灵，明末的钟谭，以至清末的同光派，都是如此。不宁惟是。即宋代江西派在中国诗史上所代表的新阶段，大部分不也是从贾岛那份遗产中得来的赢余吗？可见每个在动乱中灭毁的前夕都需要休息，也都要全部的接受贾岛，而在平时，也未尝不可以部分接受他，作为一种调济。贾岛毕竟不单是晚唐五代的贾岛，而是唐以后各时代共同的贾岛。

载：今房山有石庵，曰贾岛庵……有贾岛村，一曰贾岛峪。

——《帝京景物略》

原载昆明《中央日报·文艺》第十八期

杜甫（712—770）

引 言

明昌坤曰："史在天地，如形之景。人皆思其高曾也。皆愿睹其景。至于文儒之士，其思书契以降之古人，尽若是已矣。"数千年来的祖宗，我们听见过他们的名字，他们生平的梗概，我们仿佛也知道一点，但是他们的容貌、声音，他们的性情、思想。他们心灵中的种种隐秘——欢乐和悲哀，神圣的企望，庄严的愤慨，以及可笑亦复可爱的弱点或怪癖……我们全是茫然。我们要追念，追念的对象在哪里？要仰慕，仰慕的目标是什么？要崇拜，向谁施礼？假如我们是肖子肖孙，我们该怎样的悲恸，怎样的心焦！

愿闻解鞍脱兜鍪，老儒不用千户侯。

中原未得平安报，醉里眉攒万国愁。

——黄山谷《老杜浣花溪图引》

看不见祖宗的肖像，便将梦魂中迷离恍惚的，捕风捉影，摹拟出来，聊当瞻拜的对象——那也是没有办法的慰情的办法。我给诗人杜甫绘这幅小照，是不自量，是渎亵神圣，我都承认。因此工作开始了，马上又搁下了。一搁搁了三年，依然死不下心去，还要赓续，不为别的，只还是不奈何那一点"思其高曾，愿睹其景"的苦衷罢了。

为人性僻耽佳句，语不惊人死不休。
老去诗篇浑漫兴，春来花鸟莫深愁。
新添水槛供垂钓，故著浮槎替入舟。
焉得思如陶谢手，令渠述作与同游。

——杜甫《江上值水如海势聊短述》

像我这回掮起的工作，本来应该包括两层步骤，第一是分析，第二是综合。近来某某考证，某某研究，分析的工作做得不少了。关于杜甫，这类的工作，据我知道的却没有十分特出的成绩。我自己在这里偶尔虽有些零星的补充，但是，我承认，也不是什么大发现。我这次简直是跳过了第一步，来径直做第二步，这样作法，是不会有好结果的，自己也明白。好在这只是初稿，只要那"思其高曾，愿睹其景"的心情不变，永远那样的策励我。横竖以后还可以随时搜罗，随时拼补。目下我决不敢说，这是真正的杜甫，我只说

杜甫（712—770）

是我个人想象中的"诗圣"。

我们的生活如今真是太放纵了，太夸妄了，太杳小了，太龌龊了。因此我不能忘记杜甫。有个时期，华茨华斯也不能忘记弥尔敦，他喊——

Milton! thou shouldst be living at this hour

England hath need of thee, she is a fen

Of stagnant waters, alter sword, and pen,

Fireside, the heroic wealth of hall and bower, Have forfeited their ancient English dower

Of inward happiness, we are selfish men:

o rise us up, return to us again,

And give us manners, virtue, freedom, power.

一

当中一个雄壮的女子跳舞。四面围满了人山人海的看客。内中有一个四龄童子，许是骑在爸爸肩上，歪着小脖子，看那舞女的手脚和丈长的彩帛渐渐摇起花来了。看着，看着，他也不觉眉飞目舞，仿佛很能领略其间的妙绪。他是从巩县特地赶到郾城来看跳舞的。这一回经验定给了他很深的印象。下面一段是他几十年后的回忆：

㸌如羿射九日落，矫如群帝骖龙翔。来如雷霆收震怒，罢如江海凝清光。

舞女是当代名满天下的公孙大娘。四岁的看客后来便成为中国有史以来第一个大诗人，四千年文化中最庄严，最瑰丽，最永久的一道光彩。四岁时看的东西，过了五十多年，还能留下那样活跃的印象，公孙大娘的艺术之神妙，可以想见。然而小看客的感受力，也就非凡了。

开元三载，余尚童稚，记于郾城观公孙氏舞剑器浑脱，浏漓顿挫，独出冠时，自高头宜春梨园二伎坊内人，洎外供奉，晓是舞者，圣文神武皇帝初，公孙一人而已。玉貌锦衣，况余白首，今兹弟子，亦匪盛颜，既辨其由来，知波澜莫二，抚事感慨，聊为《剑器行》。

——杜甫《观公孙大娘弟子舞剑器行》

杜甫，字子美，生于唐睿宗先天元年（712）。原籍襄阳，曾祖依艺作河南巩县县令，便在巩县住家了。子美幼时的事迹，我们不大知道。我们知道的，是他母亲死得早，他小时是寄养在姑母家里。他自小就多病。有一天可叫姑母为难了。儿子和侄儿都病着，据女巫说，要病好，病人非睡在东南角的床上不可。但是东南角的床铺只有一张，病人却有两个，老太太居然下了决心，把侄儿安顿在吉利的地方，叫自家的儿子填了侄儿的空子。想不到决心下了，结果就来了，子美长大了，听见老家人讲姑母如何让表兄给他替了死，他一辈子觉得对不起姑母。

往昔十四五，出游翰墨场。斯文崔魏徒，以我似班扬。七龄思即壮，开口咏凤凰。九龄书大字，有作成一囊。

——杜甫《壮游》

早慧不算稀奇，早慧的诗人尤其多着。只怕很少的诗人开笔开得像我们诗人那样有重大的意义。子美第一次破口歌颂的。不是什么凡物，这"七龄思即壮，开口咏凤凰"的小诗人，可以说，咏的便是他自己。禽族里再没有比凤凰善鸣的，诗国里也没有比杜甫更会唱的。凤凰是禽中之王，杜甫是诗中之圣，咏凤凰简直是诗人自占的预言。从此以后，他便常常以凤凰自比（《凤凰台》《赤凤行》便是最明白的表示）。这种比拟，从现今这开明的时代看去，倒有一种特别恰当的地方。因为谈论到这伟大的人格，伟大的天才，谁不感觉寻常文字的无效？不，无效的还不只文字，你只顾呕尽心血来悬拟、揣测，总归是隔膜，那超人的灵府中的秘密，他的心情，他的思路，像宇宙的谜语一样，决不是寻常的脑筋所能猜透的。你只懂得你能懂的东西。因此，谈到杜甫，只好拿不可思议的比不可思议的。凤凰你知道是神话，是子虚，是不可能。可是杜甫那伟大的人格，伟大的天才，你定神一想，可不是太伟大了，伟大得可疑吗？上下数千年没有第二个杜甫（李白有他的天才，没有他的人格），你敢信杜甫的存在绝对可靠吗？一切的神灵和类似神灵的人物都有人疑过，荷马有人疑过，莎士比亚有人疑过，杜甫失了被疑的资格，只因文献，史迹，种种不容抵赖的铁证，一五一十，都在我们手里。

所贵王者瑞,敢辞微命休。
坐看彩翮长,举意八极周。
自天衔瑞图,飞下十二楼。
图以奉至尊,凤以垂鸿猷。

——杜甫《凤凰台》

子美自弱冠以后,直到老死,在四方奔波的时候多,安心求学的机会很少。若不是从小用过一番苦功,这诗人的学力哪得如此的雄厚?生在书香门第,家境即使贫寒,祖藏的书籍总还够他餍饮的。从七八岁到弱冠的期间中,我们想象子美的生活,最主要的,不外作诗,作赋,读书,写擘窠大字……无论如何,闲游的日子总占少数。(从七岁以后,据他自称,四十年中做了一千多首诗文,一千多首作品是要时候作的。)并且多病的身体当不起剧烈的户外生活。读书学文便自然成了唯一的消遣。他的思想成熟得特别早,一半固由于天赋,一半大概也是孤僻的书斋生活酿成的。在书斋里,他自有他的世界。他的世界是时间构成的,沿着时间的航线,上下三四千年,来往的飞翔,他沿路看见的都是圣贤、豪杰、忠臣、孝子、骚人、逸士——都是魁梧奇伟,温馨凄艳的灵魂。久而久之,他定觉得那些庄严灿烂的姓名,和生人一般的实在,而且渐渐活现起来了,于是他看得见古人行动的姿态,听得到古人歌哭的声音。甚至他们还和他揖让周旋,上下议论,他成了他们其间的一员。于是他只觉得自己和寻常的少年不同,他几乎是历史中的人物,他和古人的关系比和今人的关系密切多了。他是在时间里,不是在空间里活着。他为什么不那样想呢？这些古人不是在他心灵里活动，血脉里运行吗？他的身体不是从这些古人的身体分泌出来的吗？是的，那政事、武功、学术震耀一时的儒将杜预便是他的十三世祖；那宣言"吾文章当得屈宋作衙官，吾笔当得王羲之北面"的著名诗人杜审言，便是他的祖父；他的叔父杜升是个为报父仇而杀身的十三岁的孝子；他的外祖母便是张说所称的那为监牢中的父亲"菲屦布衣，往来供馈，徒行卒色，伤动人伦"的孝女；他外祖母的兄弟崔行芳，曾经要求给二哥代死，没有诏准，就同哥哥一起就刑了，当时称为"死悌"。你看他自己家里，同外家里。事业、文章、孝行、友爱——立德、立功、立言的人物这样多。他翻开近代的史乘，等于翻开自己的家谱。这样读书，对于一个青年的身心，潜移默化的影响，定是不可限量的。难怪一般的少年，他瞧不上眼。他是一个贵族，不但在族望上，便论德行和智慧，他知道，也应该高人一等。所以他的朋友，除了书本里的古人，就是几个有文名的老前辈。要他同一般行辈相等的庸夫俗子混在一起，是办不到的。看看这一段文字。便可想见当时那不可一世的气概：

性豪业嗜酒，嫉恶怀刚肠；脱略小时辈，结交皆老苍；饮酣视八极，俗物皆茫茫。

黄鲁直言："杜子美之诗法出审言，句法出庾信，但过之耳。"

——宋　陈无己《诗话》

今年游寓独游秦，愁思看春不当春。

上林苑里花徒发,细柳营前叶漫新。
公子南桥应尽兴,将军西第几留宾。
寄语洛城风日道,明年春色倍还人。

——杜审言《春日京中有怀》

朝回日日典春衣,每日江头尽醉归。
酒债寻常行处有,人生七十古来稀。
穿花蛱蝶深深见,点水蜻蜓款款飞。
传语风光共流转,暂时相赏莫相违。

——杜甫《曲江二首》之二

子美所以有这种抱负,不但因为他的血缘足以使他自豪,也不仅仅是他不甘自暴自弃。这些都是片面的、次要的理由。最要紧的,是他对于自己的成功,如今确有把握了。崔尚、魏启心一般的老前辈都比他作班固、扬雄;他自己仿佛也觉得受之无愧。十四五岁的杜二,在翰墨场中,已经是一个角色了。

杜子美之诗,悲欢穷泰,发敛抑扬,疾徐纵横,无施不可。其诗有平淡简易者,有绵丽精确者,有严重威武若三军之帅者,有奋迅驰骤若泛驾之马者。

——宋 陈正敏《遯斋闲览》

这时还有一件事也可以增长一个人的兴致。从小摆不脱病魔的纠缠,如今摆脱了。这件事竟许是最足令人开心的。因为毕竟从前那种幽闭的书斋生活不大自然,只因一个人缺欠了健康,身体失了自由,什么都没有办法。如今健康恢复了,有了办法,便尽量的追回以前的积欠,当然是不妨的,简直是应该的。譬如院子里那几棵枣树,长得比什么树都古怪,都有精神,枝子都那样剑拔弩张的挺着,仿佛全身都是劲。一个人如今身体强了。早起在院子里走走,往往也觉得浑身是劲,忽然看见它们那挑衅的样子,恨不得拣一棵抱上去,和它摔一跤,决个雌雄。但是想想那举动又未免太可笑了。最好是等八月来,枣子熟了,弟妹们只顾要枣子吃。枣子诚然好吃,但是当哥哥的,尤其筋强力壮的哥哥,最得意的,不是吃枣子,是在那给弟妹们不断的供应枣子的任务。用竹篙子打枣子还不算本领。哥哥有本领上树,不信他可以试给他们看看。上树要上到最高的枝子,又得不让枣刺轧伤了手,脚得站稳了,还不许踩断了树枝;然后躲在绿叶里一把把的洒下来:金黄色的,朱砂色的,红黄参半的枣子,花花刺刺的洒将下来,得让孩子们抢都抢不赢。上树的技术练高了,一天可以上十来次,棵棵树都要上到。最有趣的,是在树顶上站直了,往下一望:离天近,离地远,一切都在脚下,呼吸也轻快了,他忍不住大笑一声。那笑里有妙不可言的胜利的庄严和愉快,便是游戏。一个人的地位也要站得超越一点,才不愧是杜甫。

杜子美之於诗,实积众流之长,适当其时而已。昔苏武李陵之诗长於高妙,曹植刘公幹之诗长於豪逸,陶潜阮籍之诗长於冲澹,谢灵运鲍照之诗长於峻洁,徐陵庾信之诗长於藻丽,於是子美者,穷高妙之格,极豪逸之气,包冲澹之趣,兼峻洁之姿,备藻丽之态，而诸家之作所不及焉。……呜呼！子美亦集诗之大成者欤？

——宋　秦少游《韩愈论》

二

大约在二十岁左右，诗人便开始了他的飘流的生活。三十五以前，是快意的游览（仍旧用他自己的比喻），便像羽翮初满的雏凤。乘着灵风，踏着彩云，往濛濛的长空飞去。他肋下只觉得一股轻松，到处有竹实，有醴泉，他的世界是清鲜，是自由，是无垠的希望，和薛雷的云雀一般，他是

An unbodied joy whose race is just begun.

三十五岁以后，风渐渐尖峭了，云渐渐恶毒了，铅铁的穹窿在他背上逼压着，太阳也不见了。他在风雨雷电中挣扎，血污的翎羽在空中缤纷的旋舞，他长号，他哀呼，唱得越急切，节奏越神奇，最后声嘶力竭，他卸下了生命，他的挫败是胜利的挫败、神圣的挫败。他死了，他在人类的记忆里永远留下了一道不可逼视的白光。他的音乐，或沉雄，或悲壮，或凄凉，或激越，永远，永远是在时间里颤动着。

诗人以一字为工，世固知之，惟老杜变化开阖，出奇无穷，殆不可以形迹捕。

——宋　叶梦得《石林诗话》

> 少陵之诗,一人之性情,而三朝之事会寄焉者也。
>
> ——清　浦起龙《读杜心解》

子美第一次出游是到晋地的郇瑕(今山西猗氏县),在那边结交的人物,我们知道的,有韦之晋。此后,在三十五岁以前,曾有过两次大举的游历:第一次到吴越,第二次到齐赵。两度的游历,是诗人创作生活上最需要的两种精粹而丰富的滋养。在家乡,一切都是单调,平凡,青的天笼盖着黄的地,每隔几里路,绿杨藏着人家,白杨翳着坟地,分布得驿站似的呆板。土人的生活也和他们的背景一样的单调。我们到过中州的人都知道那是个什么样的去处,大概从唐朝到现在是不会有多少进步的。从那样的环境,一旦踏进山明水秀的江南,风流儒雅的江南,你可以想象他是怎样的惊喜。我们还记得当时和六朝,好比今天和昨日,南朝的金粉,王谢的风流,在那里当然还留着够鲜明的痕迹。江南本是六朝文学总汇的中枢,他读过鲍、谢、江、沈、阴、何的诗,如今竟亲历他们歌哭的场所,他能不感动吗?何况重重叠叠的历史的舞台又在他眼前,剑池、虎丘、姑苏台、长洲苑,太伯的遗庙、阖闾的荒冢,以及钱塘、剡溪、鉴湖、天姥——处处都是陈迹、名胜,处处都足以促醒他的回忆,触发他的诗怀。我们虽没有他当时纪游的作品,但是诗人的得意是可以猜到的。美中不足的只是到了姑苏,船也办好了,却没有浮着海。仿佛命数注定了今番只许他看到自然的秀丽、清新的面相,长洲的荷香,镜湖的凉意和明眸皓齿的耶溪女……都是他今回的眼福;但是那瑰奇雄健的自然,须得等四五年后游齐赵时,才许他见面。

孟嘉落帽,前世以为胜绝,杜子美九日诗云"羞将短发还吹帽,笑倩傍人为正冠",其文雅旷达,不减昔人。故谓诗非力学可致,正须胸肚中泄尔。

——宋 陈师道《后山诗话》

在叙述子美第二次出游以前,有一件事颇有可纪念的价值,虽则诗人自己并不介意。

唐代取士的方法分三种——生徒、贡举、制举。已经在京师各学馆,或州县各学校成业的诸生,送来尚书省受试的,名曰生徒;不从学校出身,而先在州县受试,及第了,到尚书省应试的,名曰贡举。以上两种是选士的常法。此外,每多少年,天子诏行一次,以举非常之士,便是制举。开元二十三年(736)子美游吴越回来,挟着那"气劘屈贾垒,目短曹刘墙"的气焰应贡举,县试成功了,在京兆尚书省一试,却失败了。结果没有别的,只是在够高的气焰上又加了一层气焰。功名的纸老虎如今被他戳穿了。果然,他想。真正的学问,真正的人才,是功名所不容的。也许这次下第,不但不能损毁,反足以抬高他的身价。可恨的许只是落第落在名职卑微的考功郎手里,未免叫人丧气。当时士林反对考功郎主试的风潮酝酿得一天比一天紧,在子美"忤下考功第"明年,果然考功郎吃了举人的辱骂,朝廷从此便改用侍郎主试。

气劘屈贾垒,目短曹刘墙。

忤下考功第，独辞京尹堂。

——杜甫《壮游》

子美下第后八九年之间，是他平生最快意的一个时期，游历了许多名胜，接交了许多名流。可惜那期间是他命运中的朝曦，也是夕照，那几年的经历是射到他生命上的最始和最末的一道金辉，因为从那以后，世乱一天天的纷纭，诗人的生活一天天的潦倒，直到老死，永远闯不出悲哀、恐怖和绝望的环攻。但是末路的悲剧不忙提起，我们的笔墨不妨先在欢笑的时期多留连一会儿，虽则悲惨的下文早晚是要来的。

古人为诗，贵于意在言外，使人思而得之，故言之者无罪，闻之者足戒也。近世诗人惟杜子美最得诗人之体……

——宋　司马光《续诗话》

开元二十四五年（737—738）之间，子美的父亲——闲——在兖州司马任上，子美去省亲，乘便游历了兖州、齐州一带的名胜，诗人的眼界于是更加开扩了。这地方和家乡平原既不同，和秀丽的吴越也两样。根据书卷里的知识，他常常想见泰山的伟大和庄严，但是真正的岱岳，那"造化钟神秀，阴阳割昏晓"的奇观，他没有见过。这边的湍流、峻岭、丰草、长林都另有一种他最能了解，却不曾认识过的气魄。在这里看到的，是自然的最庄严的色相。唯有这边自然的气势和风度最合我们诗人的脾胃，因为所有磅礴郁结在他胸中的，自然已经在这景物中说出了。这里一丘一壑，一株树，一朵云，都能引起诗人的共鸣。他在这里勾留了多年。直变成了一个燕赵的健儿，慷慨悲歌、沉郁顿挫的杜甫，如今发现了他的自我。过路的人往往看见世面行人马，带着弓箭旗枪，驾着雕鹰，牵着猎狗，望郊野奔去。内中头戴一顶银盔，脑后斗大一颗红樱，全身铠甲，跨在马上的，便是监门胄曹苏预（后来避讳改名源明）。在他左首并辔而行的，装束略微平常，双手按着长槊，却也是英风爽爽的一个丈夫，便是诗人杜甫。两个少年后来成了极要好的朋友。这回同着打猎的经验，子美永远不能忘记，后来还供给了《壮游》诗一段有声有色的文字：

春歌丛台上，冬猎青邱旁。呼鹰皂枥林，逐兽云雪岗。射飞曾纵鞚，引臂落鹙鸧。苏侯据鞍喜，忽如携葛强。

原来诗人也学得了一手好武艺！

文章无警策，则不足以传世，盖不能竦动世人。如杜子美及唐人诸诗，无不如此。但晋宋间人专致力於此，故失於绮靡，而无高古气味。子美诗云："语不惊人死不休。"所谓惊人语，即警策也。

——《吕氏童蒙训》

这时的子美，是生命的焦点，正午的日曜，是力，是热，是锋棱，是夺目的光芒。他这时所咏的《房兵曹胡马》和《画鹰》恰好都是自身的写照。我们不能不腾出篇幅，把两首诗的全文录下：

胡马大宛名，锋棱瘦骨成。竹批双耳峻，风入四蹄轻，所向无空阔，真堪托死生。骁腾有如此，万里可横行。

——《房兵曹胡马》

素练风霜起，苍鹰画作殊。㧐身思狡兔，侧目似愁胡，绦镟光堪摘，轩楹势可呼。何当击凡鸟，毛血洒平芜！

——《画鹰》

这两首和稍早的一首《望岳》都是那时期里最重要的代表作品，实在也奠定了诗人全部创作的基础。诗人作风的倾向，似乎是专等这次游历来发现的，齐赵的山水，齐赵的生活，是几天的骄阳接二连三的逼成了诗人天才的成熟。

岱宗夫如何？齐鲁青未了。
造化钟神秀，阴阳割昏晓。
荡胸生层云，决眦入归鸟。
会当凌绝顶，一览众山小。

——杜甫《望岳》

灵机既经触发了，弦音也已校准了，从此轻拢慢捻。或重挑急抹，信手弹去，都是绝调。艺术一天进步一天，名声也一天大一天。从齐赵回来，在东都（今洛阳）住了两三年，城南首阳山下的一座庄子，排场虽是简陋，门前却常留着达官贵人的车辙马迹。最有趣的是，那一天门前一阵车马的喧声，顿时老苍头跑进来报道贵人来了。子美倒屣出迎。一位道貌盎然的斑白老人向他深深一揖，自道是北海太守李邕，久慕诗人的大名，特地来登门求见。北海太守登门求见，与诗人相干吗？世俗的眼光看来，一个乡贡落第的穷书生家里来了这样一位阔客人，确乎是荣誉，是发迹的吉兆。但是诗人的眼光不同。他知道的李邕是为追谥韦巨源事，两次驳议太常博士李处和声援宋璟，弹劾谋反的张昌宗弟兄的名御史李邕——是碑版文字，散满天下，并且为要压倒燕国公的"大手笔"，几乎牺牲了性命的李邕——是重义轻财，卑躬下士的李邕。这样一位客人来登门求见，当然是诗人的荣誉，所以"李邕求识面"可以说是他生平最得意的一句诗。结识李邕在诗人生活中确乎要算一件有关系的事。李邕的交游极广，声名又大，说不定子美后来的许多朋友，例如李白、高适诸人，许是由李邕介绍的。

太史公论诗，以为《国风》好色而不淫，《小雅》怨诽而不乱。以予观之，是特识变风、变雅耳，乌睹诗之正乎？昔先王之泽衰，然后变风发乎情。虽衰而未竭，是以犹止於礼义，以为贤於无所止者而已。若夫发於性，止於忠孝者，其诗岂可同日而语哉！古今诗人众矣，而子美独为首者，岂非以其流落饥寒，终身不用，而一饭未尝忘君也欤？

——宋　苏轼《诗话》

三

写到这里，我们该当品三通画角，发三通擂鼓，然后提起笔来蘸饱了金墨，大书而特书。因为我们四千年的历史里，除了孔子见老子（假如他们是见过面的）没有比这两人的会面，更重大，更神圣，更可纪念的。我们再逼紧我们的想象，譬如说，青天里太阳和月亮走碰了头，那么，尘世上不知要焚起多少香案，不知有多少人要望天遥拜，说是皇天的祥瑞。如今李白和杜甫——诗中的两曜，劈面走来了，我们看去，不比那天空的异瑞一样的神奇，一样的有重大的意义吗？所以假如我们有法子追究，我们定要把两人行踪的线索，如何拐弯抹角，时合时离，如何越走越近，终于两条路线会合交叉了——统统都记录下来。假如关于这件事：我们能发现到一些翔实的材料，那该是文学史里多么浪漫的一段掌故！可惜关于李杜初次的邂逅，我们知道的一成，不知道的九成。我们知道天宝三载三月，太白得罪了高力士，放出翰林院之后，到过洛阳一次，当时子美也在洛阳。两位诗人初次见面，至迟是在这个当儿。至于见面时的情形，在什么时候，什么地方，也许是李邕的筵席上，也许是洛阳城内一家酒店里，也许……但这都是可能范围里的猜想，真确的情形，恐怕是永远的秘密。

李白壮浪纵恣，摆去拘束，诚亦差肩子美矣。至若铺陈终始，排比声韵，大或千言，次犹数百，词气豪迈，而风调清深，属对律切，而脱弃凡近，则李尚不能历其藩翰，况堂奥乎。

——元稹

杜诗贯穿古今，尽工尽善，殆过于李。

——白居易

有一件事我们却拿得稳，是可靠的。子美初见太白所得的印象，和当时一般人得的。正相吻合。司马子微一见他，称他"有仙风道骨，可与神游八极之表"；贺知章一见，便呼他作"天上谪仙人"；子美集中第一首《赠李白》诗，满纸都是企羡登真度此的话，假定那是第一次的邂逅，第一次的赠诗，那么，当时子美眼中的李十二，不过一个神采趣味与常人不同，有"仙风道骨"的人，一个可与"相期拾瑶草"的侣伴，诗人的李白没有在他脑中镂上什么印象。到第二次赠诗，说"未就丹砂愧葛洪"，回头就带着讥讽的语气问：

痛饮狂歌空度日，飞扬跋扈为谁雄？

李杜画像，古今诗人题衰亡和。若杜子美，其诗高妙，固不待言，要当知其平生用心处，则半山老人之诗得之矣。若李太白，其高气盖世，千载之下，犹可叹想，则东坡居士之赞尽之矣。

——宋　胡元任《丛话》

依然没有谈到文字。约莫一年以后，第三次赠诗，文字谈到了，也只轻轻的两句"李侯有佳句，往往似阴铿"，不是什么了不得的恭维，可是学仙的话一概不提了。或许他们初见时，子美本就对于学仙有了兴味，所以一见了"谪仙人"，便引为同调；或许子美的学仙的观念完全是太白的影响。无论如何，子美当时确是做过那一段梦——虽则是很短的一段。说"苦无大药资，山林迹如扫"；说"未就丹砂愧葛洪"，起码是半真半假的心话。东都本是商贾贵族蜂集的大城，廛市的繁华，人心的机巧，种种城市生活的罪恶我们明明知道，已经叫子美腻烦、厌恨了，再加上当时炼药求仙的风气正盛，诗人自己又正在富于理想的，如火如荼的浪漫的年华中——在这种情势之下，萌生了出世的观念，是必然的结果。只是杜甫和李白的秉性根本不同：李白的出世，是属于天性的，出世的根性深藏在他骨子里，出世的风神披露在他容貌上；杜甫的出世是环境机会造成的念头，是一时的愤慨。两人的性格根本是冲突的。太白笑"尧舜之事不足惊"，子美始终要"致君尧舜上"。因此两人起先虽觉得志同道合，后来子美的热狂冷了，便渐渐觉得不独自己起先的念头可笑，连太白的那种态度也可笑了。临了，念头完全抛弃，从此绝口不提了。到不提学仙的时候，才提到文字，也可见当初太白的诗不是不足以引起子美的倾心，实在是诗人的李白被仙人的李白掩盖了。

饭颗山头逢杜甫，顶戴笠子日卓午。
借问别来太瘦生，总为从前作诗苦。

——李白《戏赠杜甫》

李杜文章在，光焰万丈长。

——韩愈

东都的生活果然是不能容忍了。天宝四载（745）夏天，诗人便取道如今开封归德一带，来到济南。在这边，他的东道主，便是北海太守李邕。他们常时集会，宴饮，赋诗。集会的地点往往在历下亭和鹊湖边上的新亭。在座的都是本地的或外来的名士，内中我们知道的还有李邕的从孙李之芳员外，和邑人蹇处士。竟许还有高适，有李白。

白也诗无敌，飘然思不群。
清新庾开府，俊逸鲍参军。
渭北春天树，江东日暮云。
何时一樽酒，重与细论文。

——杜甫《春日忆李白》

是年秋天太白确乎是在济南。当初他们两人是否同来的，我们不晓得。我们晓得他们此刻交情确是很亲密了，所谓"醉眠秋共被，携手日同行"，便是此时的情况。太白有一个朋友范十，是位隐士。住在城北的一个村子上。门前满是酸枣树，架上吊着碧绿的寒瓜，愉演的白云镇天在古城上闲卧着——俨然是一个世外的桃源。主人又殷勤，太白常常带子美到这里喝酒谈天。星光隐约的瓜棚底下，他们往往谈到夜深人静。太白忽然对着星空出神，忽然谈起从前陈留采访使李彦如何答应他介绍给北海高天师学道篆。话说过了许久，如今李彦许早忘记了，他可是等得不耐烦了。子美听到那类的话，只是唯唯否否；直等话头转到时事上来，例如贵妃的骄奢，明皇的昏聩，以及朝里朝外的种种险象，他的感慨才潮水般的涌来。两位诗人谈着话。叹着气，主人只顾忙着筛酒，或许他有意见不肯说出来，或许压根儿没有意见。（本文未完）

死别已吞声，生别常恻恻。
江南瘴疠地，逐客无消息。
故人入我梦，明我长相忆。
君今在罗网，何以有羽翼？
恐非平生魂，路远不可测。
魂来枫叶青，魂返关塞黑。
君今在罗网，何以有羽翼？
落月满屋梁，犹疑照颜色。
水深波浪阔，无使蛟龙得。

——杜甫《梦李白二首（其一）》

原载《新月》第一卷第六期
（民国）十七年（1928）八月十日

少陵先生年谱会笺

公姓杜氏，名甫，字子美。十三世祖晋当阳侯预，曾祖依艺，祖审言，祖母薛氏，父闲，母崔氏。预勋业学术，震耀千古，史载其言曰："德不可企及，立功立言，可庶几也。"其自负如此。依艺官监察御史，河南巩县令；审言修文馆学士，尚书膳部员外郎，用朝议大夫，兖州司马，终奉天令。公《进雕赋表》曰："臣之近代陵夷，公侯之贵磨灭，鼎铭之勋，不复昭耀于明时。"良然。顾审言诗称初唐大家；审言从兄易简亦以文章有声于时。（按《旧书·文苑传》："易简……善著述，撰《御史台杂注》五卷，《文集》二十卷，行于代。"）杜氏立言之风，固不替也。故公献《三大礼赋》后，赠崔于二学士诗曰："儒术诚难起。家声庶已存。"

睿宗先天元年壬子（712）即景云三年，正月改元太极。五月改元延和。七月，立皇太子隆基为皇帝，以听小事，自尊为太上皇。八月，玄宗即位，改元先天。是年，巩县大水，坏城邑，损居民数百家（见《巩县志》）。孟浩然二十二岁，李白、王维并十三岁。

王湾登进士第（见《唐诗纪事》及徐松《登科记考》）。张九龄擢"道侔伊吕"科（见《册府元龟》《唐会要》）。玄宗即位，始置翰林院，延文章之士，下至僧道书画琴棋术数之工，皆处之，谓之待诏。按置翰林院，史不详何年，姑系于此。

公生于河南巩县。《河南府志》："巩县东二里瑶湾，工部故里也。故巩城有康水，去琪湾二十里，与逸事合。"（逸事详见后）又曰："康水，即康店南水。工部故里在瑶湾，去康店南二十里外。"考公族望，本出京兆杜陵，故每称"杜陵野老"，《进封西岳赋表》云："臣本杜陵诸生也。"自六世祖叔毗，已为襄阳人。（《周书·叔毗传》："其先京兆人，徙居襄阳。"）曾祖依艺终河南巩县令。遂世居巩县。

玄宗开元元年癸丑（713）即先天二年。十二月改元。十月，幸新丰，讲武于翻山下。

公二岁。

开元二年甲寅（714）正月，置教坊于蓬莱宫侧，上自教法曲，谓之"梨园弟子"（见《唐会要》《雍录》）。七月，造兴庆宫。是年，王翰举"直言极谏"科，又举"超拔群类"科（见《唐才子传》）。

公三岁。

开元三年乙卯（715）西域八国请降。

公四岁。

开元四年丙辰（716）印度僧善无畏来华。

公五岁《万年县君墓志》曰："甫昔卧病于我诸姑，姑之子又病。问女巫，巫曰：'处楹之东南隅者吉。'姑遂易子之地以安我，我用是存，而姑之子卒。后乃知之于走使。"卧病年次无可考。惟《志》云"后乃知之于走使"，知时尚童稚，未解记事。公七岁吟诗，六岁观舞，音留记忆，卧病要当在六七岁前，则无惑矣。姑列此以俟考。《进封西岳赋表》曰："是臣无负于少小多病，贫穷好学者已。"少小多病，殆指此耶？

开元五年丁巳（717）诏访逸书，选吏缮写，命尹知章等二十二人，于东都乾元殿前编校刊正，称"乾元院"。

公六岁。尝至郾城，观公孙大娘舞"剑器"、"浑脱"。《观公孙大娘弟子舞剑器行》序曰："开元三载，余尚童稚，记于郾城观公孙氏舞'剑器'、浑脱'。"钱笺："'三载'一作'五载'，时公年六岁。公'七岁思即壮'，六岁观剑，似无不可。诗云：'五十年间似反掌'，自开元五年，至是年（按大历二年，767），凡五十一年。"

开元六年戊午（718）改乾元院为丽正修书院。贾至生。

公七岁。始作诗文。《壮游》诗云："七龄思即壮，开口咏凤凰。"《奉赠鲜于京兆二十二韵》云："学诗犹孺子。"《进雕赋表》云："自七岁所缀诗笔，向四十载矣，约千有余篇。"

开元七年己未（719）《华严论》成。

公八岁。

开元八年庚申（720）李思训卒（见李邕《云麾将军碑》）。印度金刚智、不空金刚来华（按合善无畏称"开元三大师"）。

公九岁。始习大字。《壮游》诗云："九龄书大字，有作成一囊。"

开元九年辛酉（721）命僧行一造新历（即"大衍历"），梁令瓒造黄道游仪。

公十岁。

开元十年壬戌（722）。

公十一岁。

开元十一年癸亥（723）四月，张说为中书令。十月，置温泉宫于骊山。是年，元结生；崔翻登进士第（见《唐才子传》）。初制（圣寿乐），令诸女衣五方色衣，以歌舞之（见《教坊记》）。

公十二岁。广德元年，公五十二岁时，在梓州《送路六侍御入朝》诗曰："童稚情亲四十年。"路盖是公十二三时友伴。

开元十二年甲子（724）祖咏登进士第（见《唐才子传》）。

公十三岁。

开元十三年乙丑（725）十月，作"水运浑天"成。十一月，封泰山。车驾还，幸孔子宅，过潞州金桥，御路萦转，上见数十里间，旗抓鲜洁，羽卫齐整，遂令灵道玄等三人合制《金桥图》（见《开天传信记》）。

公十四岁。《壮游》诗曰："往昔十四五，出游翰墨场。斯文崔魏徒，以我似班扬。"原注："崔，郑州尚。魏，豫州启心。"

《江南逢李龟年》诗曰："岐王宅里寻常见，崔九堂前几度闻。"原注："崔九，即殿中监崔涤，中书令泛之弟。"按岐王范、崔涤，并卒于开元十四年，则公始逢李龟年，在是年以前，今亦附记于此。黄鹤以为是时未有梨园弟子，公不得与龟年同游，因谓诗云"岐王"当指嗣岐王珍，"崔九堂前"乃崔氏旧堂。按《唐会要》："开元二年，以天下无事，听政之暇，于梨园自教法曲，必尽其妙，谓之'皇帝梨园弟子'。"《雍录》："开元二年，置教坊于蓬莱宫侧，上自教法曲，谓之'梨园弟子'。"公《剑器行序》亦云："自高头宜春梨园二伎坊内人，洎外供奉舞女。晓是舞者，圣文神武皇帝初，公孙一人而已。"公观舞在开元五年（或作三年），时亦已有梨园之称。乃谓开元十四年无梨园弟子，何哉？考东都尚善坊有岐王范宅（见《唐两京城坊考》），崔氏亦有宅在东都（张说《荥阳夫人郑氏墓志铭》："终于雒阳之遵化里。"郑氏即涤之母）。公天宝前，未尝到长安。其闻龟年歌，必在东都（公姑万年君居东都仁风里，幼时尝卧病于其家，或疑公母早亡，寄养于姑，虽近附会，然以巩洛咫尺之近，其常在东都，留居姑家，则可信也）。若云范、涤卒时，公才十五，前此龆龀之年，不得与于名公贵介之游，则不知十四五时，已出游翰墨场，与崔魏辈相周旋矣。且"脱略小时辈，结交皆老苍"。复有《壮游》诗句，可以覆案。必谓天宝后，始得与龟年相见，失之泥矣。

《诗话类编》："杜甫十余岁，梦人令采文于康水。觉而问人，此水在二十里外。乃往求之，见峨冠童子告曰：'汝本文星典吏，天使汝观舞下谪。为唐世文章，云诰已降，可于豆珑下取。'甫依其言，果得一石，有金字，文曰：'诗王本在陈芳国，九夜扪之麟篆热，声振扶桑亨天国。'后因佩入葱市，归而飞火入室，有声曰：'邂逅秽，吾令汝文而不贵。'"事本不经，聊赘于此，用资谈助耳。

开元十四年丙寅（726）四月，张说罢。是年，储光羲、崔国辅、綦毋潜登进士第（俱见《唐才子传》）。

公十五岁。《百忧集行》曰："忆昔十五心尚孩，健如黄犊走复来。庭前八月梨枣熟，一日上树能千回。"

开元十五年丁卯（727）王昌铃、常建登进士第（并见《唐才子传》）。徐坚等纂《初学记》成（见《唐会要》）。

公十六岁。

开元十六年戊辰（728）。

公十七岁。

开元十七年己巳（729）宋璟为尚书右丞相。

公十八岁。

开元十八年庚午（730）十一月，张说薨。是年，释智升撰《开元释教录》，实我国佛教经录之总汇。

公十九岁。游晋，至郇瑕（今山西猗氏县）。从韦之晋、寇锡游。《哭韦之晋》诗曰："凄怆郇瑕地，差池弱冠年。"《酬寇侍御》诗曰："往别郇瑕地，于今四十年。"朱鹤龄曰："郇瑕，晋地。公弱冠之时，尝游晋地，当是游晋后为吴越之游也。"按《酬寇侍御》诗鹤注曰："诗云：'故泊洞庭船。'当是大历五年（770）潭州作。其云'春深把臂前'，盖指去年之春。"大历五年，距开元十八年，适得四十年，知公游晋，实在十九岁时，前诗云"差池弱冠年"，非必实指二十也。

开元十九年辛未（731）吐蕃求《毛诗》《礼记》《左传》《文选》，以经书赐与之。王维雄入公主第，唱《郁轮袍》，并呈诗卷，大获嘉赏，寻举进士，遂以状头及地（事见《集异记》）。《唐才子传》称维开元十九年进士，《旧书》作开元九年，《登科记考》曰："按'九'上脱'十'字。"薛据同榜进士（见《唐才子传》），王昌龄举"博学宏词"科。

公二十岁。游吴、越。黄曰："公《进三大礼赋表》云：'浪迹于陛下丰草长林，实自弱冠之年。'则其游吴、越，乃在开元十九年。"尝至江宁，与许八、颢上人同游，约当是年。《送许八归江宁》诗题曰："甫昔时尝客游此县，于许生处乞瓦棺寺《维摩图样》。"（按《维摩诘图》，晋顾恺之作）《因许八寄旻上人》诗曰："不见旻公三十年。"又曰："旧来好事今能否？……棋局动随幽涧竹，袈裟忆上泛湖船。"二诗当是乾元元年（758）作。鹤注："游吴、越在开元十九年，公方二十岁，至乾元元年，相距二十七年曰'三十年'，曰亦约略之词。"

开元二十年壬申（732）三月，信安王祎大破奚契丹于幽州。六月，遣范安及于长安广花萼楼。筑夹城，至芙蓉园（按《会要》作二十四年）。

公二十一岁，游吴、越。

开元二十一年癸酉（733）十一月，宋璟致仕。十二月，张九龄同中书门下平章事。是年，上亲注《道德经》，令学者习之。（见《封演见闻记》）刘长卿登进士第。（见《唐才子传》）

公二十二岁。游吴、越。

开元二十二年甲戌（734）五月，九龄为中书令。李林甫同平章事。十二月，张守珪斩契丹王屈烈，及其大臣虞可汗，传首东都。是年，刺史韦济荐方士张果，招以果为光禄大夫。王昌龄选宏词超绝群类。（见《直斋书录解题》）

公二十三岁。游吴、越：

开元二十三年乙亥（735）十二月，册寿寺王妃杨氏。是年，李适之为河南尹。（见公《皇甫淑记碑》）韦应物生。贾至、李颀登进士第；（并见《唐才子传》）萧颖士、李华同榜进士。（见《旧唐书·文苑传》《韦述传》《摭言》,及华《寄赵十七侍御》诗注)李白游太原。司马承祯化形于天台(见刘大彬《茅山志》)。玄宗注《老子》,并修《义抚》八卷,并制《开元文字音义》三十卷颁示公卿。(见《唐会要》)

公二十四岁。自吴越归东都,举进士,不第。黄曰:"公本传'尝举进士,不第。'故《壮游》诗云:'归帆拂天姥。中岁贡旧乡……忤下考功第,独辞京兆堂。'"按史:唐初考功郎掌贡举。至开元二十四年,考功郎李昂为举人诋诃,帝以员外郎望轻,徙礼部,以侍郎主之。则公下考功第。当在二十三年,盖唐制年年贡士也。《选举志》:"每年仲冬,州县馆监,举其成者,送之尚书省:"《上韦左丞》诗曰:"甫昔少年日,早充观国宾。"鹤注:"其时年方二十余岁,宜自谓少年也。"《旧书·韦述传》:"萧颖士者,聪俊过人。富词学,有名于时,贾曾、席豫、张垍、韦述皆引为谈客。开元二十三年登进士第,考功员外郎孙逖称之于朝。"则知是年孙逖知贡举。又是年试场在福唐观。《太平广记》引《定命录》:"崔圆微时,欲举进士于县,见市令李含章云:'君合武出身,官更不停,直至宰相。'开元二十三年,应将帅举科,又于河南府充乡贡进士。其日正于福唐观试,遇敕下,便于试场中唤将拜执戟,参谋河西军事。"按《唐两京城坊考》:福居观在崇业坊。李邕有《东都福唐观邓天师碣》。

开元二十四年丙子(736)五月,名僧义福卒,赐号大智禅师。七月,葬于伊阙之北,送葬者数万人,严挺之为作碑。十一月,张九龄罢,李林甫兼中书令。牛仙客同平章事。是年,于西京大明宫置集贤殿书院。(《店两京城坊考》:"按西京之有书院,仿东都之制也。开元二十四年，驾在东都，张九龄遣直官魏先禄先入京造之。")吴道玄作《地狱变相图》。

公二十五岁。游齐、赵。朱曰："按《壮游》诗'忤下考功第，独辞京兆堂。放荡齐赵间，裘马颇清狂。'是下第后即游齐赵之明证。"交苏源明。钱谦益曰："《壮游》诗云：'……放荡齐赵间，裘马颇清狂。春歌丛台上，冬猎青丘旁……苏侯据鞍喜，忽如携葛强。'……苏侯，注云：'监门胄令苏预，'即源明也。开元中，源明客居徐，天宝初举进士。诗独举苏侯，知杜之游齐赵，在开元时，而高李不与也。"按《八哀诗》曰："结交三十载。"源明卒于广德二年，前二十八年。为开元二十四年，源明犹未至京师，公与订交，必在其时。诗曰："三十载"者举成数也。《壮游》诗曰："春歌丛台上，冬猎青丘旁，呼鹰皂枥林，逐兽云雪冈。"《汉书》颜师古注："……丛台，本六国时赵王故台，在邯郸城中。"《环宇记》："青丘，在青州千乘县。"蔡梦弼曰："皂枥林，云雪冈，皆齐地。"是所游之地甚广，疑非在一时。源明居山东亦甚久，直至上表自举时，犹自称"臣山东一布衣也"。公自开元二十四年，始游齐赵，至二十九年归东都，中更五载，其与源明同游，当在此数年间。《七月三日论壮年乐事》诗曰："焱思红颜日，霜露冻阶闼。胡马挟雕弓，鸣弦不虚发。长批逐狡兔。突羽当满月。"卢曰："此即《壮游》诗中'放荡齐赵间，裘马颇清狂……呼鹰皂栖林，逐兽云雪冈'事也。"

开元二十五年丁丑（737）四月，张九龄贬荆州长史。十一月，宋璟薨。是年，上以几致措刑，推功元辅。王维为监察御史，在河西节度幕中。

公二十六岁。游齐、赵。

开元二十六年戊寅（738）八月。杜希望拔吐蕃新城，以其地为威武军。六月，张守珪大破契丹林胡，遣使献捷。是年，分左右羽林，置龙武军。崔曙举进士，以状元及第（见《直斋书录解题》）。

公二十七岁，游齐、赵。

开元二十七年己卯（739）八月，追谥孔子为文宣王。盖嘉运大破突厥，施于碎叶城，擒其王吐火仙送京师。是年，崔曙卒。公二十八岁。游齐、赵。

开元二十八年庚辰（740）是时频岁丰稔，京师米斛不满二百，天下乂安，虽行万里，不持寸铁。张九龄、孟浩然并卒于是年。王昌龄游襄阳（见王士源《孟浩然集序》）。

公二十九岁。游齐、赵。公父闲为兖州司马时，公尝至兖省侍，当在是年，《登兖州城楼》诗所云"东郡趋庭日，南楼纵目初"者是也。考传志不言游兖，而集中多兖州诗。《登兖州城楼》其一也。诸家或编于开元二十四年，或以属开元二十八年。要以后说为近是。盖公诗散佚者多，天宝以前，尤罕存稿。观集中自开元二十四年以前，游晋，游吴、越，间归东都，皆无诗。自开元二十四年以后。至二十八年，其间游齐、赵。亦无诗。不宜独开元二十四年游兖所作，忽有存稿。揆之常理，《登兖州城楼》诗，其不作于开元二十四年，明矣。且今集中诸作，时次可考，万无疑义者，惟《假山》诗最早，实作于天宝元年（742）。自是以后，存诗渐多。兹定趋庭于开元二十八年，则作《登兖州城楼》诗时，去《假山》诗，才前二年，庶几与开始存稿之期，亦较合符节矣，又按闲之卒年，于兖州趋庭事，为先决问题。旧说颇有异议，惟朱钱二氏持论最有据。天宝三载，公祖母范阳太君卒，公撰墓志，或以为时闲已故，志盖代登作也。钱谦益曰："代其父闲作也。薛氏所生子曰闲、曰升、曰专。太君所生曰登。《志》云：'某等宿遭内艰，长自太君之手者。'知其代父作也。又曰：'升幼卒，专先是不禄。'则知闲尚无恙也……元志云闲为奉天令。是时尚为兖州司马。闲之卒，盖在天宝间，而其年不可考矣。"朱注："按《志》云'故朝议大夫兖州司马'，犹《汉书·李广传》所云'故李将军'，非谓已没也……但闲时为兖州司马，而传志俱云'终奉天令'。考奉天为次赤县，唐制京县令，正五品，上阶。闲自兖州司马授奉天令，盖从五品升正五品也。公东郡趋庭之后，闲即丁太君忧，必服阕补此官耳。"按闲卒必在天宝三载（744）以后，尚别有证。公弟四人：颖、观、丰、占。公行二，集有寄丰诗，称第五弟，疑丰为闲第四子。又有《远怀舍弟颖观等》诗，颖次观前，观当系闲第三子。又有《舍弟观归蓝田迎新妇》诗，约作于大历二年（767）。若定观二十左右置室，则当生于天宝五载前后，丰、占复幼于观，知天宝十载前，闲盖尚存，而其卒，则宜在天宝末，或且更后，亦属可能。旧说闲卒于天宝三载前，则开元二十八年（740）或不宜有趋庭事。今既知闲卒远在天宝三载后，则定趋庭于开元二十八年，益有据矣。

《寄高常侍》诗曰："汶上相逢年颇多。"仇注："汶上相逢，盖开元间相遇于齐鲁也。"考高适《酬秘书弟兼寄幕下诸公》诗序曰："乙亥岁（按即开元二十五年）适征诣长安。"又《送族侄式颜》诗（按开元二十七年作，详见后）曰："俱游帝城下，忽在梁园里。"适以开元二十三年游京师,二十七年来梁宋,其间公虽在齐、赵,不得遇适于汶上也。又适《奉酬北海李太守平阴亭》诗曰:"谁谓整隼旟,翻然忆柴扃。书寄汶阳客,回首平阴亭。"李邕以天宝二年出为北海太守,六载杖死于郡,其间适尝客居汶阳,而公亦以天宝四载再游齐、鲁。则相逢汶上,其即在天宝四载乎?然而天宝三载秋,二人实尝相从赋诗于梁、宋,此云"汶上相逢年颇多",明指订交之初,又不合也。盖游梁以后,寄诗以前,二公聚首者屡矣,诗何以独言天宝四载汶上之遇?是知以汶上相逢属于天宝四载,又不足信。窃谓开元二十七八年间,适尝至山东,因得与公相遇,诗所云,殆指此也。适《宋中送族侄式颜》诗注曰:"时张大夫贬括州,使人召式颜,遂有此作。"同时又作《送族侄式颜》诗曰:"我今行山东,离忧不能已。"按《旧唐书·玄宗纪》,张守珪贬括州,在开元二十七年六月。其时适方有山东之行。意其既至山东,与公相值,或在开元二十七八年之间,其时公方游齐、赵,汶上地在齐南鲁北,二公邂逅于斯,正意中事耳。

《别张十三建封》诗曰:"相逢长沙亭。乍问绪业余。乃吾故人子,童卯联居诸。"朱注:"公父闲为兖州司马,当是趋庭之日,与张玠(按即建封父,兖州人)同游,而建封相从也。故人指玠,童卯指建封。建封以贞元十六年(800)终,年六十有六。公开元末游兖,是时建封才六、七岁耳。"按与张玠同游,当亦在开元二十七八年。与趋庭及逢高适之年分皆合,可资互证也。

开元二十九年辛巳(741)正月,两京诸州各置玄元皇帝庙,并崇玄学,以《老》《庄》,《文》《列》为"四子",令习业成者,准明经考试,谓之道举。八月,以安禄山为营州都督,充平卢军使。九月，上亲注《金刚经》及《修义诀》（见《册府元龟》）。

公三十岁。归东都。筑陆浑庄，于寒食日祭远祖当阳君。是年有《祭当阳君文》曰："小子筑室首阳之下，不敢忘本，不敢违仁，庶刻丰石，树此大道，论次昭穆，载扬显号。"词意，当是因新居落成而昭告远祖。《寰宇记》："首阳山，在偃师县西北二十五里。"公《寄河南韦尹》诗原注曰："甫有故庐在偃师。"当即指此。《忆弟二首》原注："时归在河南陆浑庄。"浦起龙曰："公有旧庐在河南偃师县，曰陆浑庄，后又有土娄庄，宜即一处。"按公有《凭孟仓曹将书觅土娄旧庄》诗曰："平居丧乱后，不到洛阳岑。"且此曰"旧庄"，前诗曰"故庐"，义亦正同，故知即一处也。惟浦以为庄名"土娄"，鹤注亦谓"土娄"为地名，非也。"土娄"，疑即《寄河南韦尹》诗"尸乡余土室"之"土室"。（《诗正义》："河南偃师县西二十里有尸乡亭。"）鹤别注"土室谓依土以为室，如《宿赞会土室》诗云'土室延白光'"者，得之。

天宝元年壬午（742）二月，褒封庄子为南华真人，文子为通玄真人，列子为冲虚真人，庚桑子为洞虚真人，其所著书悉号"真经"。十月，造长生殿（见《唐会要》）。是年，李白自会稽来京师。王维为左补阙，迁库部郎中。

公三十一岁。在东都。姑万年县君卒于东京仁风里，六月，还殡于河南县，公作墓志。《志》曰："作配君子，实为好仇，河东裴君讳荣期，见任济王府录事参军。"又有"兄子甫"云云，则县君，公父之妹也。

天宝二年癸未（743）正月，安禄山入朝。三月，广运潭成。是年，邱为登进士第（见《唐才子传》）。长安"饮中八仙"之游，约当此时。

公三十二岁。在东都。

天宝三载甲申（744）正月，遣左右相以下祖别贺知章于长乐坡。李白供奉翰林院。三月，安禄山兼范阳节度使。寿王妃杨氏号"太真"，召入宫。李白赐金放还。是年，岑参登进士第（见杜确《岑嘉州集序》《唐才子传》）。芮挺章选自开元初迄天宝三载诗称《国秀集》。

公三十三岁。在东都。五月，祖母范阳太君卒于陈留之私第，八月，归葬偃师，公作墓志。范阳太君，公祖审言继室，卢氏。是年夏，初遇李白于东都。顾农曰："公与白相从赋诗始于天宝三四载（744—745）间，前此未闻相善也。白生于武后圣历二年（699），公生于睿宗先天元年（712），白长公十三岁，公于开元九年游剡溪，而白与吴筠同隐剡溪，则在天宝二年，相去十三载，断未相值也。后公下第游齐赵，在开元二十三年，考白谱，时又不在齐赵。及白因贺知章荐，召入金銮，则在天宝三载正月，时公在东都，葬范阳太君（按葬太君事在八月，此误），未尝晤白于长安也。是载八月，白放还，客游梁宋，始见公于东都（按三月放还，五月已至梁宋，见公于东都当在三五月之间），逆相从如弟兄耳。观公后寄白二十二韵有云'乞归优诏许，遇我宿心亲'，是知乞归后始遇也。"按《赠李白》诗，当是本年初遇白时作。诗曰："李侯金闺彦，脱旁事幽讨。"卢世㴶曰："天宝三载，诏白供奉翰林，旋被高力士谮，帝赐金放还，白托鹦鹉以赋曰'落羽辞金殿'，是'脱身'也。是年，白从高天师授箓，以'事幽讨'也。"秋，游梁宋，与李白、高适登吹台琴台。《遣怀》诗曰："昔我游宋中，惟梁孝王都……忆与高李辈。论交入酒垆。两君壮藻思，得我色敷腴。气酣登吹台，怀古视平芜。芒砀云一去，雁鹜空相呼。"《昔游》诗曰："昔者与高李，（按原注曰："高适李白。"）晚登单父台（按即琴台）。寒芜际碣石，万里风云来。桑柘叶如雨，飞藿去徘徊。清霜大泽冻，禽兽有余哀。"《赠李白》诗曰："亦有梁宋游，方期拾瑶草。"盖在东都时，与白预为之约也。《唐书·李白传》："与高适同过汴州，酒酣登吹台，慷慨怀古。"公传："从高适、李白过汴州，登吹台，慷慨怀古，人莫测也。"王琦《太白年谱》曰："《赠蔡舍人诗》云：'一朝去京国，十载客梁园，'……《梁园吟》曰：'我浮黄河去京阙，挂席欲进波连山。天长水阔厌远涉，访古始及平台（按即吹台）间。'是去长安之后，即为梁宋之游也。"（按《梁园吟》又曰："平头奴子摇大扇，五月不热疑清秋。"是白以三月放还，五月已至梁宋，至其与高杜同游，则在深秋耳。）《东征赋》曰："岁在甲申，秋穷季月，高子游梁既久，方适楚以超忽。"《公琴台》诗序曰："甲申岁。适登子赋琴台。"又有《宋中别周梁李三子》诗曰："李侯怀英雄，肮脏乃天资。"似谓白也。适集中多宋中诗，所言时序，多与公诗合，其间必有是时所作者。尝渡河游王屋山，谒道士华盖君，而其人已亡。《忆昔行》曰："忆昔北寻小有洞，洪河怒涛过轻舸。辛勤不见华盖君。艮岑青辉惨么么。千崖无人万壑静，三步回头五步坐。秋山眼冷魂未归，仙赏心违泪交堕。弟子谁依白茅屋，卢老独启青铜锁。巾拂香余捣药尘，阶除灰死烧丹火。玄圃沧洲莽空阔，金节羽衣飘婀娜。落日初霞闪余映，倏忽东西无不可。松风涧水声合时，青兕黄熊啼向我。"仇注："此初访华盖君而伤其逝世，是游果宋时事。"《昔游》诗曰："昔谒华盖君，深求洞宫脚。玉棺已上天，白日亦寂寞。暮升艮岑顶，巾几犹未却。弟子四五人，入来泪俱落。余时游名山，发轫在远壑。良觌违夙愿，含凄向寥廓，林昏罢幽磬，竟夜伏石阁。王乔下天坛，微月映皓鹤（按此言梦寐恍惚，如见道士跨鹤降于天坛也。旧注非是）。晨溪响虚驭，归径行已昨。"朱鹤龄曰："华盖君，犹太白集之丹邱子，盖开元天宝间道士隐于王屋者，不必求华盖所在以实之也。诗云：'深求洞宫脚。'洞宫即《忆昔行》所云'北寻小有洞'也……洞在王屋艮岑，即王屋山东北之岑也，天坛亦在王屋；《地志》：'大星山绝顶曰天坛，济水发源处'是也。王屋在大河之北，故《忆昔行》曰'洪河怒涛过轻舸'也。"按二诗追述谒华盖君事至详尽，因悉录之，以存故实，是时诗中屡言学仙，一若真有志于此者。今则渡大河，走王屋，将求华盖君而师事之，至而其人适亡。诗云"良觌违夙愿，含凄向寥廓"，沮丧之情可知，宜其历久不忘一再追念而不厌也。又按李阳冰《草堂集》序：白放还后，即就从祖陈留采访大使彦允，请北海高天师授道箓于齐州紫极宫。陈留，宋地，白之来游，为访彦允；公之来游，为诵华盖。前此公《赠李白》诗曰："亦有梁宋游，相期拾瑶草"，殆谓此也。公师事华盖之志，竟不就；而白后果得受箓于高天师。（白有《奉饯高尊师如贵道士传道箓毕归北海》诗，故公明年又有《赠李白》诗曰："未就丹砂愧葛洪。"）

天宝四载乙酉（745）八月，册太真为贵妃，三姐皆赐第京师。

是年，李白在山东，冬日，去之江东。九月，诏改两京波斯寺为"大秦寺"（见《册府元龟》。按，此中土最古之天主教堂也）。

公三十四岁。再游齐、鲁。是时李之芳为齐州司马，夏日，李邕自北海郡来齐州，公尝从游，陪宴历下亭及鹊山湖亭。《陪李北海宴历下亭》诗原注："时邑人蹇处士辈在坐。"按卢象有诗题曰："追凉历下古城西北隅——此地有清泉乔木。"一本题上有"同李北海"四字。公诗云："济南名士多。"象注水人。或尝与斯游乎？俟考。旋暂如临邑。临邑属齐川，秋后至兖州，时李白亦归东鲁。兖州，天宝元年（742）改名鲁郡。公与同游，情好益密，公赠白诗所云"余亦东蒙客，怜君如弟兄；醉眠秋共被，携手日同行"者是也。白家本在鲁郡。公《送白十二韵》曰："醉舞梁园夜，行歌泗水春。"知白游梁之次年春，已至兖州（天宝三载三月，诸郡玄元庙已改称紫极宫。白至齐州，于紫极宫从高天师受道箓，疑在归兖以前。天宝三载秋冬之际）。公诗曰："余亦东蒙客。"白《寄东鲁二稚子》诗曰："我家寄东舍，谁种龟阴田。"《忆旧游寄元参军》诗曰："北阙青云不可期，东山白首还归去。"曰东蒙，曰龟阴，曰东山，实即一处。《续山东考古录》："《元和志》以蒙与东蒙为二山。余谓蒙在鲁东，故曰东蒙……今天又分东蒙、云蒙、龟蒙三山。惟《齐乘》以为龟蒙二山，最当……合言之曰东山，分言曰龟蒙。"俄而公将西去，白亦有江东之游。城东石门一别，遂无复相见之日矣。钱曰："《单父东楼送族弟沈之秦》则曰：'长安宫阙九天上，此地曾经为近臣。屈平憔悴滞江潭，辛伯流离放东海。'《鲁郡东石门送杜二甫》则云：'醉别复几日，登临遍池台。何言石门路，重有金樽开。'此知李游单父后,于鲁郡石门与杜别也。单父至兖州二百七十里,盖公辈游梁宋后,复至鲁郡,始言别也。"

在兖州时,白尝偕公同访城北范十隐居,公有诗曰:"落景闻寒杵。"白集亦有寻范诗曰:"雁度秋色远。"二诗所纪时序正同。又公诗曰:"更想幽期处,还寻北郭生。"白诗曰:"忽忆范野人,闲园养幽姿。茫然起逸兴,但恐行来辞。"公诗曰:"入门高兴发。"白诗曰:"入门且一笑。"公诗曰:"不愿论簪笏,悠悠沧海情。"白诗曰:"远为千载期,风流自簸荡。"辞意亦相仿佛,当是同时所作。且兖州天宝元年(742)改鲁郡,白自天宝元年自会稽来京师,三载放归,客游梁宋,直至四载,始来兖州,寻范诗题曰"鲁城",知为其时所作。盖此后浪游南中,不闻复归鲁也。

《寄张十二山人彪三十韵》云:"历下辞姜被,关西得孟邻。早通交契密,晚接道流新。"仇优注:"历下早通,记初交之地;关西晚接,记再遇之缘。"按公是年夏在历下,而开元二十四年(736)至二十九年间亦尝游齐地,初遇张彪,不知究在何时。《题张氏德居》二首,或以为即指彪,然诗曰:"石门斜日到林丘。"石门在兖州,而历下在齐州,不可混为一谈。黄鹤谓张氏乃张叔明("明"或作"卿"),较有据。

公初遇元逸人及董炼师,盖皆在此时。《昔游》诗曰:"东蒙赴旧隐,尚忆同志乐。伏事董先生,于今独萧索。"朱鹤龄曰:"东蒙旧隐,即《玄都坛歌》'故人昔鸣东策峰'者也。公客东蒙,与太白诸人同游好,所谓同志乐也。其时之伏事者,刻黄先生,即'衡阳董炼师'也。"仇注:"华盖君已殁,而转寻董炼师,是游齐鲁时事。"按元逸人,卢世深以为即与李白同游之元丹丘。董炼师,据《典地纪胜》,名奉先。

天宝五载丙戌(746)四月,左相李适之罢,陈希烈同平章事(希烈以讲《老》《庄》得进)。是年,灵彻生。

公三十五岁。自齐、鲁归长安。《壮游》:"放荡齐赵间,……快意八九年,西归到咸阳。"从汝阳王琎、驸马郑潜耀游。《壮游》诗于"西归到咸阳"下,曰:"赏游实贤王,曳裾置醴地。"仇注:"贤王置醴,指汝阳王琎也。"《赠特进汝阳王二十韵》鹤注:"《旧史》,天宝初,琎终父丧,加特进;九载卒。考宁王宪以开元二十九年(741)十一月薨。天宝三载,琎丧服初终,必其年二月,封琎以嗣宁,所弁加特进也。公于开元二十四年下考功第,去游齐赵八九载,其归长安,当在天宝四五载间。《壮游》诗云:'赏游实贤王,曳裾置醴地。'正其时也。"多案云四五载间,误。当云五六载间也。《赠汝阳王二十韵》:"披雾初欢夕,高秋爽气澄。樽罍临极浦,凫雁宿张灯。花月穷游宴,炎天避郁蒸。砚寒金井水,檐动玉壶冰。"仇注:"初宴在秋,故见凫宿灯张;后宴在夏耳,故见井水壶冰;中间花月之游,当属春时。"此所叙节候,实跨两载。此言初宴在秋,而客岁(天宝四载,745)秋日,公方在兖州。则是从琎游,至早当自五载秋始,所云春夏,乃六载之春夏耳。集中有《皇甫淑妃碑》,淑妃,郑潜耀妻临晋公主之母也。黄鹤定碑撰于天宝四载,曰:"《碑》云:'自我之西,岁阳载纪。'按《尔雅》,自甲至癸,为岁之阳。妃以开元二十三年乙亥薨,至天宝四载乙酉,为岁阳载纪矣。碑当立于是年也。"多按此说非也。《碑》云:"甫忝郑庄之宾客，游窦主之山林。"是撰碑之前，已从郑游。公五载始至长安，焉得四载为郑庄宾客，且为撰碑哉？《碑》述潜耀之言曰"自我之西"（仇注云"自东京至西京"是也），故知所云"郑庄"及"窦主之山林"必在长安。《长安志》："莲花洞，在神禾原，即郑驸马之居。"是其地矣。公又有《郑驸马池台喜遇郑广文同饮》诗，其地亦在长安。诗云"俱过阮宅来"，知池台即郑宅中之池台。又有《郑驸马宅宴洞中》诗，即莲花洞也。或以为东都亦有郑宅，至以新安东亭，亦属潜耀。皆臆说无据。徐松《唐两京城坊考》云："洛阳第宅，多是武后中宗居东都时所立，中业以后，不得有公主宅。"亦可证公未来长安前，不得游窦主之山林，即不得为郑庄之宾客矣。至"岁阳载纪"之语，乃约略言之，文家修词，此类甚多，不得以为适当乙酉之岁也。

《壮游》诗叙归长安后之交游，又曰"许与必词伯"，仇注以为指岑参、郑虔辈。多案据杜确《岑参集》序，参自天宝三载擢第后，会居右内率府兵曹参军、右威卫录事参军等职，则是时宜在京师。其曾否与公同游，则于二公集中悉无征，未可以臆断也。若郑虔，则此际万无与公相值之理，说详后。

天宝六载丁亥（747）诏天下通一艺者诣京师。李林甫素忌文学之士，下尚书省试，皆下之。正月，遣使杖杀北海太守李邕；李适之饮药死。九月，安禄山筑雄开城。十月，改温泉宫为华清宫，治汤井为池，环山列宫室。十二月，筑罗城，置百司公种邸第，以房绾为缮理。高仙芝讨小勃律，虏其王归。是年，包佶登进士第，薛据中"风雅古调"科。

公三十六岁。在长安。元结《谕友》曰："天宝丁亥中，诏征天下士有一艺者,皆得诣京师就选。晋公林甫以草野之士畏多,恐泄漏当时之机,议于朝廷曰:'举人多卑贱愚聩,不识礼度,恐有俚言,污浊圣听。'于是奏待制者悉令尚书长官考试,御史中丞监之,试如常例(原注:如吏部试诗赋论策)。已而布衣之士,无有第者,送表贺人主,以为野无遗贤。"《新唐书·李林甫传》略同。时公与结皆应诏而退。《赠鲜于京兆二十韵》:"破胆遭前政,阴谋独秉钧。微生沾忌刻,万事益酸辛。"即指此。

天宝七载戊子(748)十月,封贵妃三姐并国夫人。十二月哥舒翰筑神威军于青海上,又筑城龙驹岛,吐蕃不敢近青海。是年,李益、卢纶生。包何、李嘉升登进士第。

公三十七岁。在长安。屡上诗韦济,求汲引。上韦诸诗中,如曰:"老骥思千里,饥鹰待一呼,君能微感激,亦足慰榛芜。"曰:"难甘原宪贫。"皆情词悲切;如曰:"纨绔不饿死,儒冠多误身。"曰:"朝叩富儿门,暮随肥马尘。残杯与冷炙,到处潜悲辛。"又若不胜愤激。盖公毕生之困厄,此其开端矣。然自齐鲁西归,旅食京邑,数年以来,亦颇受知于一二公卿。(赠汝阳王:"招要恩屡至,崇重力难胜。"《奉赠韦左丞丈二十二韵》:"每于百僚上,猥诵佳句新。"《寄书尹丈人》原注:"甫有故庐在偃师,承韦公频有访问。")特皆杯酒联欢,片言延誉,终莫肯假以实助。即如萧比部虽以姑表昆弟之亲,尚不能脱公于屯蹇,他更无论类。故私心怨忿之极,辄欲奋足远引,与世决绝。《奉赠韦二十二韵》:"焉能心怏怏,只是走踆踆。今欲东入海,即将西去秦。"赠萧比部:"中散山阳锻,愚公野谷村。宁纡长者车取,归老任乾坤。"——或曰远游,或曰归隐,但故为愤词以自解,非本意如此也。与书家顾诫奢订交,约当此时。《送顾八分文学适洪吉州》:"文学与我游,萧疏外声利。追随二十载,浩荡长安醉。高歌卿相宅,文翰飞省寺。"仇曰:二十载,通前后而言。是也。诗作于大历三年,上数二十年,为天宝七载。

天宝八载己丑(749)哥舒翰攻拔吐蕃石堡城。不空自印度归。求得密藏经论五百余部,是为密宗之始。高适举有道科,中第。

公三十八岁。在长安。《高都护骢马行》云:"飘飘远自流沙至。"高仙芝天宝八载入朝,诗必作于是年。诗又云:"长安健儿不敢骑,走过掣电倾城知。"故知是时公尚在长安。冬日,归东都,因谒玄元皇帝庙,观吴道子所画壁。《冬日洛城北谒玄元皇帝庙》云:"五帝联龙衮。"黄曰:"唐史,加五帝'大圣'字,在八载闰六月,可证是年公又在东都。"按东都玄元庙,在积善坊。诗曰:"画手看前辈,吴生远擅场。森罗移地轴,妙绝动宫墙——五圣联龙衮,千官列雁行。冕旒俱秀发,旌旆尽飞扬。"原注:"庙有吴道子画《五圣图》。"康骈《剧谈录》载:"玄元观壁上,有吴道子画五圣真容及《老子化胡经》事,丹青绝妙,古今无比。"

天宝九载庚寅(750)五月,封安禄山为东平郡王,唐将帅封王自此始。七月,置广文馆,以郑虔为博士,虔献诗并画,帝署其尾曰:"郑虔三绝。"是年,沈既济生。汝阳王琎卒。綦毋潜卒(?)。

公三十九岁。来长安。初遇郑虔。《新唐书·文艺·郑虔传》:"天宝初,为协律郎,集缀当世事著书八十余篇。有窥其稿者,上书告虔私撰国史。虔苍黄焚之。坐谪十年。还京师,玄宗爱其才,欲置左右,以不事事,更为置广文馆,以虔为博士。"《唐会要》:"天宝九载七月,置广文馆,以郑虔为博士。"据《新唐书》,著书坐谪,必是天宝元年,而拜广文博士,则自谪所甫归京师时事。计若自天宝元年起,谪居十年,则归京师拜广文,必在天宝十载,然《会要》所纪,年月并具,必不误。误者,《新唐书》"天宝初"与"坐谪十年"二语,必居其一耳。总之,虔居谪所日久,或八九年,或十年,至天宝九载,始得归京师,与公相遇而订交。则无疑也。今观凡公诗及虔者,不曰"广文",即曰"著作",不曰"著作",即曰"司户",咸九载以后之作,益足以断二公定交,至早在天宝九载。不然,以二公相知之深,相从之密,何以九载以前,了不见过从酬答之迹?仇注《壮游》"许与必词伯"句,乃直曰"指岑参郑虔辈",不知诗所叙为天宝五载始归长安时之交游,时虔方远在贬所,安得与公相见于长安?若钟《前定录》载开元二十五年(737),虔为广文博士,有郑相如者谒虔,为预言污贼署坐谪事,则稗官之说。本非摭实。不足辩。

天宝十载辛卯(751)正月。祠太清宫、太庙,祀南郊。二月,安禄山兼领三镇。四月,鲜于仲通讨南诏,高仙芝讨大食。八月,安禄山讨契丹,并大败。十一月,杨国忠兼剑南节度使。是年,钱起举进士。以试《湘灵鼓瑟》诗及第。贾至举明经科及第。孟郊生。

公四十岁。在长安。进《三大礼赋》,玄宗奇之,命待制集贤院。《进封西岳赋表》:"顷岁,国家有事于郊庙,幸得奏赋,待制于集贤。"《莫相疑行》:"忆献三赋蓬莱宫,自怪一日声辉赫。集贤学士如堵墙,观我落笔中书堂。"鲁山言曰:"公奏《三大礼赋》，史集皆云十三载。"朱曰："按帝纪，十载行三大礼，十三载未尝郊。况表云：'臣生长陛下淳朴之俗，行四十载矣。'故知当在是岁。"按《唐六典》，延恩匦，凡怀才抱器。希于闻达者投之。公前此贡举落第，应诏退下，屡遭挫败，盖几于进身无路矣，至是乃又投巨献赋，以冀一幸。《赠别崔于二学士》所云"昭代将垂白，穷途乃叫阍"者是也。陆游《题杜少陵像图》："长安落叶纷可扫，九陌北风吹马倒。杜公四十不成名，袖里空余三赋草。车声马声喧客枕。三百青铜市楼饮。杯残炙冷正悲辛，仗内斗鸡催赐锦。"可谓善于写照矣。又按《赠别崔于二学士》诗曰："气冲星象表，词感帝王尊。"即史云"玄宗奇之"也。然诗又云："谬称三赋在，难述二公恩。"原注："甫献《三大礼赋》出身。二公尝谬称述。"是则公之受知主上，实因二学士之称述。二学士，崔国辅、于休烈也。秋，病疟，友人魏君冒雨见访，因作《秋述》贻之。文中有云："秋，杜子卧病长安旅次，多雨生鱼，青苔及榻。常时车马之客。旧雨来，今雨不来……我弃物也，四十无位，子不以官遇我，知我处顺故也。"病后。过王倚，王饷以酒馔，感激作歌赠之。歌曰："王生怪我颜色恶，答云伏枕艰难遍。疟厉三秋孰可忍？寒热百日相交战。头白眼暗坐有胝，肉黄皮皱命如线。惟生哀我未平复，为我力致美肴膳。遣人向市赊香粳，唤妇出房亲自馔。长安冬菹酸且绿，金城土酥净如练。兼求畜豪且割鲜，密沽斗酒谐终宴。故人情义晚谁似，令我手足轻欲旋。"此诗词旨酸楚。不堪卒读，其时潦倒可知矣。《进三大礼赋表》曰："顷者卖药都市，寄食朋友。"盖实录也。是年，在杜位宅守岁。《杜位宅守岁》鹤注："诗云'四十明朝过'，则是天宝十载为四十岁。"按位,公之从弟,李林甫之诸婿也。公《寄杜位》诗原注:"位京中宅近西曲江。"

天宝十一载壬辰(752)四月,崔国辅贬竟陵郡司马。十一月,李林甫卒,杨国忠为右相。哥舒翰、安禄山并入朝。高适随翰至京师。岁晚,岑参赴安西(?)。

公四十一岁。在长安。召试文章,送隶有司参列选序。《进封西岳赋表》:"委学官试文章,再降恩泽,仍猥以臣名实相副,送隶有司参列选序。"《留赠崔于二学士》:"天老书题目,春官验讨论。倚风遗鹢路,随水到龙门。竟与蛟螭杂,空闻燕雀喧。青冥犹契阔,凌厉不飞翻。"《赠郑谏议十韵》:"使者求颜阖,诸公厌祢衡。"暮春,暂归东都。《留赠崔于二学士》曰:"故山多药物,胜概忆桃源。欲整还乡旆,长怀禁掖垣。"当是召试后暂还东都。其时盖在季春,故曰"胜概忆桃源"。按史,天宝十一载四月,御史大夫王供赐死,礼部员外郎崔国辅坐供近亲,贬竟陵郡司马。国辅贬官在四月,则公赠诗自在四月以前,与诗正合。冬高适随哥舒翰入朝,与公暂集。俄复别去,公有诗送之。《旧书》:十一载冬,翰与安禄山并来朝,上使高力士设宴崔驸马山池。适盖同至京师;及其去归河西,公则作诗送之。

杨国忠为相,引鲜于仲通为京兆尹,事在本年十一月。公有《赠鲜于京兆》诗曰"早晚报平津",望其荐于国忠也。又曰"破胆道前政,阴谋独秉钧",谓李林甫也。夫林甫之阴谋,不待言,若国忠之奸,不殊林甫,公岂不知?且二人素不协,秉政以来,私相倾轧者久矣。今于林甫死后。将有求于国忠,则以见忌于林甫为言,公之求进,毋乃过疾乎?虽然《白丝行》曰:"已悲素质随时染。"又曰："君不见才士汲引难，恐惧弃捐忍羁旅。"审其寄意所在，殆有悔心之萌乎！故知公于出处大节，非果无定见，与时辈之苟且偷合。执迷不悟者，不可同日语也。钱谦益曰："少陵之投诗京兆，邻于饿死（按赠鲜于诗有"有儒愁饿死"之句），昌黎之上书宰相，迫于饥寒。当时不得已而姑为权宜之计，后世宜谅其苦心，不可以宋儒出处，深责唐人也。"此言虽出之蒙叟，然不失为平情之论。《投简咸华两县诸子》曰："饥卧动即向一旬，敝衣何啻联百结。"比来公生计之艰若是！

天宝十二载癸巳（753）正月，京兆尹鲜于仲通讽选人为杨国忠立颂省门。八月，京师霖雨，米贵，出太仓粟减粜。是年，皇甫曾、张继、鲍防并登进士第。殷璠选《河岳英灵集》，起于永徽甲寅（654），讫于本年。

公四十二岁。在长安。首夏，同郑虔游何将军山林。《重过何氏五首》鹤注："前云'千章夏木清'，初游在夏；此云'春风啜茗时'，重游在春矣。前属天宝十二载，此则当是天宝十三载。诗又云'何日沾微禄'，乃是未授官时也，若十四载，则已授河西尉，又改率府胄曹矣。"多按又玩《游何将军山林》中"词赋工何益，山林际未赊；尽捻书籍卖，来问尔东家"等句，明是献赋不售后之词。然十一载季春归在东都，首夏未必能复来长安；诗又曰："绿垂风折笋，红绽雨肥梅。"是初夏景物，则不得为天宝十一载之作矣。鹤编在十二载，得之。次子宗武约生于此年秋。仇注："至德二载（757），公陷贼中，有诗云：'骥子好男儿，前年学语时。'此时宗武约计五岁矣。"多按据此则当生于本年。又《示宗武》曰："十五男儿志。"黄鹤编在大历三年（768），今按当提前一年，编在大历二年。其时宗武年十五岁，则适当生于天宝十二载，与仇说至德二载（757）年五岁合矣。《宗武生日》又曰："高秋此日生。"

天宝十三载甲午（754）是年，户部奏郡县户口之数，为唐代之极盛。关中大饥。制举始试诗赋。元结、韩翃登进士第；独孤及举洞晓玄经科，登第。崔颢、元德秀卒。苏源明入为国子司业。陆贽生。

公四十三岁。在长安。进《封西岳赋》。黄曰："是年二月，右相兼文部尚书杨国忠守司空，即《封西岳表》所云'元弼司空'也。故知进表在是年。"按又有《时献纳使田澄》诗曰："扬雄更有《河东赋》，唯待吹嘘送上天。"当是献赋前所投赠者。自东都移家至长安，居南城之下杜城。据《桥陵诗》，知是年秋后，自长安移家至奉先。然公家本在东都，其何时徙居长安，则诗中无明文可考。惟《遣兴三首》曰："客子念故宅。三年门巷空。"（故宅，指东都之宅。验本诗可知。）仇定此诗作于乾元元年（758），上数三年，则初离故宅时为天宝十四载。此明与《桥陵诗》所纪不合。十三载已自长安移家奉先，不得十四载始离东都至长安也。今定《遣兴》作于至德二载，则作诗时距本年（天宝十三载）适为三年，与《桥陵诗》无牴牾矣。又据《桥陵诗》，既知自长安移家至奉先，在天宝十三载秋后，再参以"三年门巷空"之句，则知公眷属自东都至长安，必在天宝十三载正月以后，十月以前。《秋雨叹》（卢编在天宝十三载）曰："长安布衣谁与数，反锁衡门守环堵。"又曰："稚子无忧走风雨。"（疑指宗文）知是年秋，公已置宅长安，妻子亦俱至也。《夏日李公见访》（旧但云天宝末作，兹定为天宝十三载）曰："贫居类村坞，僻近城南楼。"曰："孰谓吾庐幽。"知是年夏公有宅在长安也。诗中暗示，止于此际。移家长安，疑在天宝十三载（754）之春。《遣兴》又云："昔在洛阳时，亲友相追攀。送客东郊道，邀游宿南山。"知迎眷来京之役，公实亲任之。然本年诗中，不言归东都事，盖偶然失纪耳，考前此数年诗文中曰："卖药都市，寄食朋友"（《进三大礼赋表》）曰："垂老独漂萍。"（《赠张四学士》）曰："此身饮罢无归处。"（《乐游园歌》）曰："寄食于人，奔走不暇。"（《进雕赋表》）曰："恐惧弃捐忍羁旅。"（《白丝行》）曰："卧病长安旅次。"（《秋述》）皆言长安无家也。而十载在杜位宅守岁，十一载将归东都，《留别二学士诗》曰："欲整还乡旆。"尤为前此未移家长安之明证。然《游何将军山林》曰："尽捻书籍卖，来问尔东家。"《重过何氏》曰："何日沾微禄，归山买薄田。"已萌置宅城南之念矣（《通志》："少陵原，乃樊川北原，自司马村起，至何将军山林而尽……在杜城之东，韦曲之西。"）。《赠郑谏议》曰："筑居仙缥缈，旅食岁峥嵘。"惟其有筑居之心而力不足，故有此叹。《曲江三首》曰："杜曲幸有桑麻田，故将移住南山边。"移居之决心，已明白表示矣。此皆十一二载之诗，足证其时移家之心虽切，然犹未能见诸事实。至《夏日李公见访》，始有"贫居类村坞，僻近城南楼"及"孰谓吾庐幽"之语。《桥陵诗》曰："车感轲辞下杜。"下杜，即李公见访之处也。《长安志》云：下杜城在长安县一十五里，此曰"僻近城南楼"，正与下杜城之方位合，其证一也。《李公见访诗》又云："展席俯长流。"而杜陵之樊乡有樊川，橘水自樊川西北流，经下杜城，赵曰"展席俯长流",即当此地,其证二也。又《九日五首》曰:"故里樊川菊。"《哀江头》原注曰:"甫家居在城南。"与赴奉先前所居之处,及李公见访之处皆合,故知公之自称"杜陵野老",实因尝居其地,非徒循族望之旧称也。因田梁丘投诗河西节度使哥舒翰。唐制,从军岁久者,得为大郡。公交游中如高适、岑参辈,皆以不得志于中朝,乃走绝塞,投戎幕,以为进身之阶。是时开人握重兵,位极功高,威名震中外者,哥舒翰、安禄山耳,翰为人尤权奇倜傥,已然诺,纵捕好酒,有任侠风;又能甄用才俊,并世文士,如严开、高适、吕烟、萧昕,皆辟置幕下,委之军务。自李林甫死,杨国忠当国。

公仍不见用,再三献赋,复不蒙省录。至是遂欲依翰,故因翰判官田梁丘投诗以示意,又别为诗赠田,乞为夤缘。《投赠哥舒开府翰二十韵》云:"防身一长剑,将欲倚崆峒。"此投诗之主旨也。《赠田判官》诗云:"陈留阮瑀争谁长,京兆田郎早见招。麾下赖君才并美。独能无意向渔樵?"仇注:"阮瑀指高适。适本封丘尉,与陈留相近。他章云'好在阮元瑜'可证。高之入幕,必由田君所荐,故云早见招而幕下赖之。留意渔樵,公仍望其汲引也。"陈廷敬曰:"考《王思礼传》,天宝十三载(754),吐谷浑苏毗王款塞,明皇诏翰应接。旧注以此当降王款朝(按《赠田》诗中有此语),是也。其谓报命而入朝,此意料之词,不见确据。考《帝纪》及《翰传》,天宝十三载,无翰入朝事。是年,翰遘风疾,因入京,废疾于家。田盖以使事入奏。当在翰未疾之先,非随翰入朝也。公所投诗,当是一时作,或即因田而投赠于翰也。"多按《旧唐书·方伎·金梁凤传》:"天宝十三载,客于河西……时因哥舒翰为节度使，诏入京师。"陈谓天宝十三载无翰入朝事，未确。其云因田投诗于翰，则是也。岁中，张泊自卢溪召还，再迁为太常卿。公复上诗求助。《赠张卿》诗："萍泛无休日，桃阴想旧蹊。吹嘘人所羡，腾跃事仍睽……顾深惭锻炼，才小辱提携。"朱注："泊必尝荐公而不达，故有吹嘘、提携等句。"多按前此（约当天宝九载，750）尝赠张诗。张之荐公，当在其时。前诗云"傥忆山阳会"，此诗亦云"桃阴想旧蹊'，张必公之旧交。此诗又曰："几时陪羽猎，应指钓璜溪。"是仍望其汲引也。又进《雕赋》，表中词益哀激。仇注："表中云自七岁缀笔，向四十年，其年次又在进《三大礼赋》后，应是天宝十三载所作。"又云："公三上赋而朝廷不用，故复托雕鸟以寄意。"秋后，淫雨害稼，物价暴贵，公生计益艰。本年春日作《醉时歌》曰："杜陵野客人更嗤，被揭短窄鬓如丝。日籴太仓五升米……得钱即相觅，沽酒不复疑。"然此特醉中作歌，一时豪语耳。《进封西岳赋表》云："退尝困于衣食。"《进雕赋表》云："衣不盖体，尝寄食于人，奔走不暇。"则庶几近实。《示从孙济》云："所来为宗族，亦不为盘飧。小人利口实，薄俗难其论。勿受外嫌猜，同姓古所敦。'似是乏食之际，屡从济就食，因见猜疑，而有此作，其事可笑，其情尤悲。《秋雨叹》云："城中斗米换衾裯。"就食于济，盖即在其时。遂携家往奉先，馆于廨舍。《桥陵诗》："车感轲辞下杜，飘摇凌浊泾。诸生旧短褐，旅泛一浮萍。荒岁儿女瘦，暮途涕泗零。主人念老马，廨署容秋萤。流寓理岂惬？穷愁醉不醒。"按曰："荒岁儿女瘦"，明此行携家与俱。公妻子已于本年至奉先，故明年得自京赴奉先就妻子也。

天宝十四载乙未（755）十一月，安禄山反，陷河北诸郡；郭子仪为朔方副节度使。十二月东京陷，哥舒翰为兵马副元帅，守潼关，高适拜左拾遗，转监察御史。王昌龄为闾丘晓所杀。

公四十四岁。在长安。岁中往白水县。今陕西关中道白水县，唐属左冯翊同州。省舅氏崔十九翁。时崔为白水尉。九月，同崔至奉先。公夫人杨氏。《九日杨奉先会白水崔明府》之杨奉先，疑即其内家之为奉先令者。公自去秋移家来奉先，即依此人。公与杨若非亲近，则妻子岂得寄寓于廨署？十月，归长安，授河西尉，不拜。《夔府咏怀》："昔罢河西尉，初兴蓟北师。"河西县故城在今云南河西县境。改右卫率府胄曹参军。《官定后戏赠》："不作河西尉，凄凉为折腰。老夫怕趋走，率府且逍遥。耽酒须微禄，狂歌托圣朝。故山归兴尽，回首向风飙。"公辞尉就率府，取其逍遥，得以饮酒狂歌耳。然亦不得已，故有回首故山之慨。《去矣行》："野人旷荡无靦颜，岂可久在王侯间？未试囊中餐玉法，明朝且入蓝田山。"盖既得官后。又未尝一日不思去也。十一月，又赴奉先探妻子，作《自京赴奉先咏怀五百字》。岁暮，丧幼子。见《咏怀五百字》。

天宝十五载（即至德元载）丙申（756）正月，安禄山僭号于东京。李光弼为河东节度副大使。六月，哥舒翰战败于灵宝西，禄山陷潼关。玄宗奔蜀，出延秋门，次马嵬，陈玄礼杀杨国忠，贵妃自缢。禄山陷京师。七月，上传位于太子（起居舍人知制诰贾至撰册），改元，李泌至灵武，回纥、吐蕃请助国讨贼。八月，安禄山取长安乐工犀象诣洛阳，宴其群臣于凝碧池。十月，房琯为招讨节度使，与贼战于陈陶斜，败绩。永王璘反，率兵东下，引李白为僚佐。十二月，高适为淮南节度使，讨永王璘。是年，岑参领伊西北庭度支副使。郎士元、皇甫冉登进士第。

公四十五岁。岁初在长安。有《苏端薛复筵简薛华醉歌》，及《晦日寻崔戢李封》诗。五月，至奉先避难，携家往白水，寄居舅氏崔少府高斋。《白水崔少府十九翁高斋三十韵》曰："客从南县来……况当朱炎赫。"钱笺："《寰宇记》：'蒲城县，本汉重泉县地，后魏分白水县，置南白水县，以在白水之南为名，废帝三年改为蒲城，开元中改为奉先。'公从奉先来，循其旧名，故曰'南'。"诗又曰："高斋坐林杪，信宿游衍闃……始知贤主人，赠此遣愁寂。"六月，又自白水，取道华原。《三川观水涨二十韵》："我经华原来。"三川县属鄜州。赴鄜州。今陕西榆林道鄜县。至三川县同家洼，寓故人孙宰家。《元和郡县志》："同州白水县，汉彭衙县地。"各注谓彭衙属鄜州，非也。公《彭衙行》曰："忆昔避贼初，北走经险艰，夜深彭衙道，月照白水山。"盖述初发白水时情景也。同家洼则途中所经地，故人孙宰居焉，因留其家。《彭衙行》述此行避乱之颠末甚悉，曰："……尽室久徒步，逢人多厚颜。参差谷鸟吟，不见游子还。痴女饥咬我，啼畏虎狼闻。怀中掩其口，反侧声愈嗔。小儿强解事，故索苦李餐。（以上叙初发白水，途中儿女颠连之苦。）一旬半雷雨，泥泞相攀牵。既无御雨备，径滑衣又寒。有时经契阔，竟日数里间。野果充餱粮，卑枝成屋椽。早行石上水，暮宿天边烟。（以上叙雨后行塞、困顿流离之状。）少留同家洼，欲出芦子关。故人有孙宰。高义薄曾云。延客已曛黑，张灯启重门。暖汤濯我足，剪纸招我魂。从此出妻孥。相视涕阑干。众雏烂慢睡，唤起沾盘飱——'誓将与夫子,永结为弟昆!'遂空所坐堂,安居奉我欢。"(以上叙孙宰晋接及周恤之情谊。)又《三川观水涨二十韵》所纪亦同时事,诗曰:"我经华原来,不复见平陆。北上惟土山,(按《元和郡县志》:"土门山在华原县东南四里。")连天走穷谷。火云出无时,飞电常在目。自多穷岫雨,行潦相豗蹙。蓊匌川气黄,群流会空曲。清晨望高浪,忽谓阴崖踣——恐泥窜蛟龙,登危聚麋鹿。枯查卷拔树,礧硊共充塞。声吹鬼神下,势阅人代速……"按前诗言途中苦雨,此亦言多雨而致川涨,所指宜即一事。闻肃宗及位灵武,即留妻子于三川。后有《述怀》诗曰:"寄书问三川,不知家在否。"子身从芦子关奔行在所。途中为贼所得,遂至长安。九月,于长安路隅,遇宗室子弟乞舍身为奴,感恸作《哀王孙》。

至德二载丁酉(757)二月。肃宗幸凤翔。永王璘败,李白亡走彭泽,坐系浔阳狱。九月,收西京。十月,尹子奇久围睢阳,城陷。张巡、许远死之。收东京,肃宗自凤翔还长安。苏源明知制诰。十二月,上皇自蜀至,居兴庆宫。大封蜀郡灵武扈从功臣;隐贼官六等定罪,郑虔、王维、储光羲、卢象、李华等皆贬官。是年刘长卿为鄂州观察使。因吴仲孺诬奏,贬南巴尉。高适下除太子少詹事,归东都严维、顾况登进士第。

公四十六岁。春陷贼中,在长安,时从赞公苏端游。赞公,大云经寺僧,尝以青丝履白氎巾赠公。《雨过苏端》:"杖藜入春泥,无食起我早。诸家忆所历,一饭迹便扫。苏侯得数过,欢喜每倾倒。"又曰:"况蒙霈泽垂,粮粒或自保。"可知陷贼之际,公衣食颇仰给于此二人也。同年三月作《喜晴》曰:"春夏各有实,我饥岂无涯?"《送程录事还乡》曰:"内愧突不黔,庶羞以赒给。"四月，自金光门出，间道窜归凤翔。后有诗题："至德二载，甫自京金光门出，间道归凤翔；乾元初，从左拾遗移华州掾，与亲故别。因出此门，有悲往事。"诗曰："此道昔归顺，西郊胡骑繁。至今犹破胆，应有未招魂。"《自京窜至凤翔喜达行在所》："生还今日事，间道暂时人。"述途中危险也；又曰："影静千官里，心苏七校前。"志归后之欢欣也，《述怀》："今夏草木长，脱身得西走。麻鞋见天子，衣袖露两肘。"即史所谓"羸服窜归"者也。五月十六日，拜左拾遗。钱笺："甫拜拾遗，在至德二载（757）五月十六日，命中书侍郎张镐赍赞符告谕，今湖广岳州府平江县裔孙杜富家，尚藏此敕。敕用黄纸，高广可四尺，字大二寸许，年月有御宝，宝方五寸许。"按敕文载林铜《来斋金石考略》称："襄阳杜甫（云云）。"白居易为左拾遗时赋诗曰："岁愧俸钱三十万。"是月，房琯得罪，公抗疏救之。肃宗怒，诏三司推问。张镐、韦陟等救之。仍放就列。本传："甫与房琯为布衣交。琯以客董庭兰罢宰相。甫上疏言罪细，不宜免大臣。帝怒，诏三司推问。宰相张镐救之，得解。"公《祭房公文》曰："拾遗补阙，视君所履。公初罢印，人实切齿。甫也备位此官，盖薄劣耳。见时危急，敢爱生死？君何不闻，刑欲加焉？伏奏无成，终身愧耻。"集中又有《谢敕放三司推问状》，文繁不录。又《壮游》曰："备员窃补衮，忧愤心飞扬。上感九庙焚，下悯万民疮。斯时伏青蒲，廷诤守御床。君辱敢爱死，赫怒幸无伤。"《秋日荆南述怀三十韵》曰："迟暮宫臣忝，艰危衮职陪。扬镳随日驭，折槛出云台。罪戾宽犹活，干戈塞未回。"《建都十二韵》曰："牵裾恨不死，漏网辱殊恩。"并指此事。按《唐书·韦陟传》，陟亦尝奏公言不失谏臣体，帝由是疏之。则当时论救者，不独一张镐矣。六月同裴荐等四人荐岑参。为《补遗荐岑参状》一首今载集中。闰八月，墨制放还鄜州省家。《北征》："皇帝二载秋，闰八月初吉（按朔日也）。杜子将北征，苍茫问家室……顾渐私恩被，诏许归蓬荜。拜辞诣阙下，怵惕久未出……"于是徒步出凤翔至邠州，始从李嗣业借得乘马。见《徒步归行》。归家，卧病数日，《北征》："老夫情怀恶，呕泄卧数日。"作《北征》。十一月，自鄜州至京师，《收京三首》仇注曰："此当是至德二载十月，在鄜州时作。诗云：'生意甘衰白，天涯正寂寥。忽闻哀痛诏，又下圣明朝。'此明是在家闻诏。按肃宗于至德元年（756）七月十三日甲子即位灵武，制书大赦；二年十月十九日，帝还京；十月二十八日壬申，御丹凤楼下制，前后两次闻诏，故云'又下'也。是时公尚在鄜州，其至京当在十一月。《年谱》谓十月扈从还京，与诗不合。当以公诗为正。至于上皇回京，十二月甲寅之赦，又在其后，旧注错引。"

乾元元年戊戌（758）正月，刘长卿摄海盐令。春，贾至出为汝州刺史。四月，上亲事九庙。六月，贬房琯为邠州刺史，下制数其罪，刘秩、严武等俱贬。七月，高适出为彭州刺史。是年，李白流夜郎。苏端登进士第。

公四十七岁。任左拾遗。春，贾至、王维、岑参皆在谏省。时贾王并为中书舍人，岑为右补阙，时共酬唱。《寄贾至严武五十韵》述居谏省时生活最详，曰："月分梁汉米，春给水衡钱。内蕊繁于缬，官莎软胜绵。恩荣同拜手，出入最随肩。晚著华堂醉，寒重绣被眠。謇齐兼秉烛，书柱满怀笺。"时毕曜亦在京师，居公之邻舍。《逼侧行赠毕四曜》："我居巷南子巷北，可怜邻里间，十日不一见颜色。（鹤注：此当是乾元元年春在谏院作，故诗中有朝天语。）《赠毕四曜》："同调嗟谁惜，论文笑自知。"（鹤注："乾元二年（759），公在秦州，有贺毕曜除监察御史诗，今云宦卑，是尚未迁官时作，当在乾元元年。"）四月，上亲享九庙，公得陪祀。《往在》："前春礼郊庙，祀事亲圣躬。微躯忝近臣，景从陪群公。登阶捧玉册，峨冕聆金钟。侍祠恧先路，掖垣迩濯龙。"仇曰："《唐史》：肃宗还京，在至德二年十月，其亲享九庙及祀圜丘，在乾元元年四月。鹤注谓'前年春'，疑误。"六月，房琯因贺兰进明谮，贬为分州刺史；公坐琯党，出为华州司功参军。客岁四月，自京出金光门，间道窜归凤翔，至本年六月，即因谮左迁，仍出此门，抚今思昔，感慨赋诗。诗曰"移官岂至尊"，指贺兰进明也。到华州后一月，有《早秋苦热堆案相仍》诗曰："七月六日苦炎蒸，对食暂餐还不能。常愁夜来皆是蝎，况乃秋后转多蝇。束带发狂欲大叫，簿书何急来相仍！"王嗣奭曰："州牧姓郭，公初至，即代为试进士策问，与进灭绝寇状，不过挟长官而委以笔札之役，非重其才也。公厚于情谊，虽邂逅一饮，必赋诗以致感佩之私……郭与周旋一载，公无只字及之，其人可知矣。"是秋，尝到蓝田县访崔兴宗、王维。蓝田距华州八十里。县东南有蓝田山，又名玉山，一名东山，崔兴宗、王维别墅并在焉。（即辋川别墅，王维《辋川别业》："不到东山向一年。"）公《九日蓝田崔氏庄》，黄鹤编在乾元元年。又有《崔氏东山草堂》，与前诗同时作。诗云："何为西庄王给事，柴门空闭锁松筠？"给事即王维也。维晚年得宋之问辋川别墅，在张通儒因禁之后，其复拜给事中，在乾元元年，明年则转尚书右丞矣。诗曰"柴门空锁"，是未遇维也，故后《解闷十二首》云："不见高人王右丞，蓝田丘壑蔓寒藤。"时裴迪应亦在蓝田，不知与公相见否。冬末，以事归东都陆浑庄，尝遇孟云卿于湖城县城东。初遇云卿，不知在何时。有诗题曰："冬末以事之东都，湖城东遇孟云卿，复归刘颢宅宿，宴饮散，因为醉歌。"鹤注云："当是乾元元年冬，自华州游东都作。"诗云："疾风吹尘暗河县，行子隔手不相见。湖城城东一开眼，驻马偶识云卿面……"

乾元二年己亥（759）岑参自右补阙转起居舍人，寻署虢州长史。王维转尚书右丞。李白至巫山，遇赦释还。权德舆生。

公四十八岁。春，自东都归华州，途中作"三吏""三别"六首。时属关辅饥馑，遂以七月弃官西去，度陇，赴秦州。按《旧唐书》："乾元二年四月癸亥，以久旱徙市雩祭祈雨。"《通鉴》："时天下饥馑，九节度围邺城，诸军乏食，人思自溃。"此与公诗《夏日叹》正合。《唐书》本传："甫为华州司功，属关辅饥，弃官客秦州。"盖是时东都残毁，既不可归。长安繁侈，又难自存。（在秦州《寄高岑三十韵》："无钱居帝里、尽室在边疆。"惟秦州得雨，秋禾有收。）《遣兴三首》："耕田秋雨足，禾黍以映道。"《赤谷西崦人家》："径转山田熟。"《雨晴》："久雨不妨农。"因携家徙居焉。至秦，居东柯谷。《通志》："东柯谷，在秦州东南五十里，杜甫有祠于此。"宋粟亭令王知彰记云："工部弃官，寓东柯谷侄佐之居。"赵叟曰："《天水图经》载秦州陇城县，有杜工部故居。及其侄佐草堂，在东柯谷之南麦积山瑞应寺上。"按公以七月至秦州，十月赴同谷，此所记皆因暂寓而言之耳。《秦州杂诗》："传道东柯谷，深藏数十家。对门藤盖瓦，映竹水穿沙。瘦地偏宜粟，阳坡可种瓜。"又曰："东柯好崖谷，不与众峰群，落日邀双鸟，晴天卷片云。"——东柯景物，见于公诗者，略如此。是时，有《梦李白二首》《天末怀李白》《寄李白二十韵》。李时被罪，在谪戍中。又有寄高适，岑参、贾至、严武、郑虔、毕曜、薛据及张彪诗。时赞公亦谪居秦州。《宿赞公土室》："数奇谪关塞。"《宿赞公房》："放逐宁违性。"《别赞上人》："赞公释门老，放逐来上国。"赵仿曰："赞公亦房相之客，时被谪秦州，公故与之款曲如此。"按史称房琯好谈佛老，赵说是也。尝为公盛言西枝村之胜，因作计卜居。置草堂，未成，会同谷宰来书言同谷可居，遂以十月，赴同谷。《寄赞上人》："近闻西枝西，有谷杉黍稠。亭午颇和暖，石田又足收，……徘徊虎穴上，面势龙泓头。"卢注："西枝西曰'有谷'，定指同谷。'近闻'，必指同谷邑宰书。公《至同谷界》：'邑有贤主人，来书语绝妙。'此可相证。《同谷七歌》云：'南有龙兮在山湫。'后《发同谷诗》云：'停骖龙潭云，回首虎崖石'，诗云虎穴龙泓，指此无疑。"按公既居东柯，其地有山水之胜，瓜粟之饶，尝思终老矣。故《秦州杂诗》曰："东柯遂疏懒，休镊鬓毛斑。"曰："采药吾将老，儿童未遣闻。"曰："为报鸳行旧，鹡鸰在一枝。"然此一时之感想也。《秦州杂诗》开章便云："满目悲生事，因人作远游。"（此指侄佐也。《示侄佐》原注："佐草堂在东柯谷。"佐居东柯，公来秦可依者惟此人。故亦居东柯。）《佐还山后寄三首》曰："旧谙疏懒叔，须汝故相携。"《示侄佐》曰："自闻茅屋趣，只想竹林眠。"又尝索佐寄米寄薤。（《佐还山后寄三首》："白露黄粱熟……颇觉寄来迟。""甚闻霜薤白，重惠意如何？"）又有《阮隐居致薤三十束》诗。此皆可证是时生计，仍仰给于人，则秦州之居终非长久计矣。《发秦州》一篇，于会去东柯就同谷之理由，言之綦详，诗曰："我衰更懒拙，生事不自谋。无食问乐土，无衣思南州。汉源十月交，天气如凉秋。草木未黄落，况闻山水幽。栗亭（栗亭镇，属成州同谷县）名更嘉，下有良田畴。充肠多薯蓣，崖蜜亦易求。密竹复冬笋，清池可方舟。虽伤旅寓远，庶遂平生游（按此上言同谷之当居）。此邦俯要冲，实恐人事稠。应接非本性，登临未稍优。溪谷无异石，塞田始微收。岂复慰老夫，惘然难久留（按此上言秦州之当去）。"途经赤谷、铁堂峡、盐井、寒峡、法镜寺、青阳峡、龙门镇、石龛、积草岭、泥功山、凤凰台，皆有诗。至同谷，居栗亭。钱谦益曰："《寰宇记》：同谷县有栗亭镇。咸通中，刺史赵鸿刻石同谷，曰：'工部题栗亭十韵，不复见。'鸿诗曰：'杜甫《栗亭》诗，诗人多在口。悠悠二甲子，题记今何有？'"多按鸿又有《杜甫同谷茅茨》诗，咸通十四年（873）作，曰："工部栖迟后，邻家大半无。青羌迷道路，白社寄杯盂……"贫益甚，拾橡栗掘黄独以自给。《同谷七歌》："岁拾橡栗随狙公，天寒日暮山谷里。"《新唐书》本传："甫客秦州，负薪采橡栗自给。"以同谷为秦州，误也，《七歌》第二章："长镵长镵白木柄，我生托子以为命。黄独无苗山雪盛，短衣数挽不掩胫。此时与子空归来。男呻女吟四壁静。"写当时贫况，尤惨绝。居不逾月，又赴成都。《发同谷县》："始来兹山中，休驾喜地僻。奈何迫物累，一岁四行役！"始以为可休驾矣，乃生计之迫益甚，故不得不去之也。以十二月一日就道。《发同谷县》原注："乾元二年（759）十二月一日自陇右赴成都纪行。"经木皮岭、白沙渡、飞仙阁、五盘岭、龙门阁、石柜阁、桔柏渡、剑门、鹿头山，岁终至成都。《成都府》："初月出不高，众星尚争光。"盖当下弦矣。寓居浣花溪寺。《酬高使君相赠》："古寺僧牢落，空房客寓居"《成都记》："草堂寺在府西七里，极宏丽。僧复空居其中，与杜员外居处逼近。"赵清献《玉垒记》："公寓沙门复空所居。"按明年有《赠蜀僧闾丘师兄诗》，不知即其人否。时高适方刺彭州，公甫到成都，适即寄诗问讯。《酬高使君相赠》："故人供禄米，邻舍与园疏。"《杜臆》以为故人指裴冕，恐非是。后有《卜居》诗云："主人为卜林塘幽。"黄鹤、鲍钦止等亦皆以为是裴冕。顾宸曰："裴若为公结庐，则诗题当标'冀公'，而诗中亦不当以主人卜林塘一句轻叙矣。"按顾说是也。史称裴冕无学术，又贪嗜货利，其人鄙陋，恐非能知公者。后又有《寄裴施州》诗，朱鹤龄已证其别为一人。则公与裴始终未尝发生关系也。此后《江村》诗云："但有故人供禄米。"《狂夫》云："厚禄故人书断绝，恒饥稚子色凄凉。"当与前是一人，其姓氏则不可考耳。或以为即高适，未闻其审。

上元元年庚子（760）高力士配流巫州。高适改蜀州刺史。元结撰《箧中集》。

公四十九岁。在成都。春卜居西郭之浣花里。《寰宇记》："浣花溪，在成都西郭外。属犀浦县。"表弟王十五司马遗赀营造，徐卿（疑即知道）、萧实、何邕、韦班（应物侄）、三明供果木栽，开岁始事。《寄题江外草堂》："经营上元始。"季春落成。《堂成》："频来语燕定新巢。"按《寄题江外草堂》："诛茅初一亩，广地方连延……敢谋土木丽，自觉面势坚。亭台随高下，敞豁当清川。"《绝句漫兴九首》："野老墙低还是家。"此草堂结构之大概也。《送韦郎司直归成都》原注："余草堂在成都西郭"；《绝句三首》："茅堂石笋西"（石笋街在成都西门外）；《西郊》："时出碧鸡坊，西郊向草堂"；《堂成》："背郭堂成荫白茅。"《遣闷呈严二十韵》："南江绕舍东"；《卜居》："浣花流水水西头"；《狂夫》："万里桥西一草堂"；《怀锦水居止》："万里桥南宅"；《遣闷呈严二十韵》："西岭纤村北"；《怀锦水居止》："雪岭界天白"；《怀锦水居止》又曰："百花潭北庄"；《狂夫》："百花潭水即沧浪"。据此则草堂背成都郭，在西郊碧鸡坊石笋街外，万里桥南，百花泽北，浣花溪西，而北望则可见西岭也。陆游云："少陵有二草堂，一在万里桥西，一在浣花，皆见于诗中。"按公实无二草堂，放翁在蜀久，顾不辨此，何哉？宋京《草堂诗》云："野僧作屋号'草堂'，不是柴门旧时处。"放翁必以野僧所营者误为公之草堂矣。时韦偃寓居蜀中，尝为公画壁。见《题壁上韦偃画马歌》。又有《戏题王宰画山水图歌》，梁氏亦编在上元元年成都诗内。然玩诗意，当是公见宰此图而作歌，图非公所有也。《戏为韦偃双松图歌》亦此类。初秋。暂游新津，晤裴迪。《和裴迪登新津寺寄王侍御》鹤注："此必公暂如新津，与裴同至寺中，故有此作。当在上元元年。蜀至成都才数百里，故可唱和也。"多按诗云："吟诗秋叶黄，蝉声集古寺。"则是作于初秋，然《赠闾丘师兄》《泛溪》《南邻》《野老》诸诗，皆作于成都，而时序与和裴诗略同，知公在新津未尝久留也。秋晚，至蜀州，晤高适。《奉简高三十五使君》："行色秋将晚,交情老更亲。天涯喜相见,披豁对吾真。"仇曰:"高由彭州刺蜀州,公时在蜀。《年谱》云:'上元元年,间常至蜀州之青城新津。'是也。"冬,复在成都。《建都》《村夜》以下诸诗可证。

上元二年辛丑(761)二月,崔光远代李若幽为成都。三月,段子璋反于东川,陷绵州,东川节度使李奂奔成都。五月,崔光远擒子璋,牙将花惊定恃功大掠。十二月,严武为成都尹。是年,王维卒。

公五十岁。居草堂。开岁又往新津,二月归成都。《题新津北桥楼》《游修觉寺》,朱氏并编在上元二年,前诗云:"望极春城上",后诗云:"吾得及春游",知本年春,公又在新津。然《漫成二首》曰:"江皋已仲春",《春水生二绝》曰:"二月六夜春水生";《绝句漫兴九首》曰:"二月已破三月来";《春水》曰:"三月桃花浪";《江亭》曰:"寂寂春将晚";并《寒食》首皆成都诗,旧皆编在上元二年。故知公再游新津,必在是年二月前,其返成都,则至迟在二月初也。秋至青城。《野望因过常少仙》:"秋望转悠哉,竹覆青城合,……"草堂本编在上元二年。旋又归成都。鹤注《石犀行》:"上元二年秋八月,灌口损户口,故作是诗。"(石犀在成都府城南三十五里)又《楠树为风雨所拔叹》,及《茅屋为秋风所破歌》,草堂本并编在上元二年成都诗内。是时多病。《一室》:"巴蜀来多病。"生计艰窘。《百忧集行》:"强将笑语供主人,悲见生涯百忧集。入门依旧四壁空,老妻笑我颜色同。痴儿不知父子礼,叫怒索饭啼门东。"鹤据诗中"只今倏忽已五十"句,定为上元二年所作。同时作《茅屋为秋风所破歌》《赴青城县出成都寄陶王二少尹》《重简王明府》《一室》《病柏》《病橘》《枯棕》《枯楠》诸诗，意绪并同，皆客寓穷愁之感，知是时公生计又颇艰也。《百忧集行》"强将笑语供主人"句，黄鹤以为指崔光远，史云光远无学仕气，宜与公不相合也。始有迁地吴楚之念。《一室》："巴蜀来多病，荆蛮去几年？应同王粲宅。留井岘山前。"《逢唐兴刘主簿弟》："轻舟下吴会，主簿意如何？"盖欲约刘东下，故问之。冬，高适至成都，尝同王抡过草堂会饮。有诗题"王十七侍御抡许携酒至草堂，奉寄此诗，便请邀高三十五使君同到"。后又有《王竟携酒高亦同过》诗。

代宗宝应元年壬寅（762）四月，玄宗肃宗相继崩，代宗即位。七月，严武召还，高适为成都尹；徐知道反，以兵守剑阁，武不得出。八月，知道为其下所杀。是年，李白卒。李阳冰编白集，郎士元补渭南尉。

公五十一岁。自春至夏，居草堂。与严武唱和甚密，武时有馈赠。见《谢严中丞送青城道乳酒》及《严公仲夏枉驾兼携酒馔》等诗。七月，送严武还朝，以舟至绵州，抵奉济驿，登陆，遂分手而还。《奉济驿重送严公四韵》郭知达本注："奉济驿在绵州口三十里。"会徐知道反，道阻，乃入梓州。《戏题寄上汉中王三首》原注："时王在梓州……"诗云："群盗无归路，衰颜会远方。"盖将赴梓州时作也。《从事行》："我行入东川（东川节度使治所在梓州）十步一回首。成都乱罢气萧索，浣花草堂亦何有？"秋末，回成都迎家至梓。仇曰："《年谱》谓宝应秋末，公回成都迎妻子。遍考诗中，无一语记及，知公未尝回成都矣。"多按《寄题江外草堂》，黄鹤编在广德元年（763）。李泰伯云公在梓州，怀思草堂而作是诗。诗曰："偶弃老妻去，惨澹凌风烟。"似指徐知道乱后，携家出成都事。然则公实尝回成都取家矣。仇又据《舍弟占归草堂检校》诗"熟知江路近，频为草堂回"之句，以为迎家至梓，必弟占代任其事。不知"频为草堂回"，乃公嘱弟之语，意甚明，与迎家至梓事何涉？又按明年《九日》诗云："去年登高杯郪县北。"郪县，梓州治也。九日，登高于县北，则赴成都迎妻子，必在重九后，《谱》云秋末赴成都，盖有据也。然颇有东游之意。《奉赠封洪李四丈》："东征下月峡，挂席穷海鸟。万里须十金，妻孥未相保。"十一月，往射洪县。《野望》："仲冬风日始凄凄。"又曰："射洪春酒寒仍绿。"知至射洪时，正十一月也。到金华山玉京观，寻陈子昂读书堂遗迹。《冬到金华山观因得陈公学堂遗迹》："陈公读书堂，石柱厌青苔。悲风为我起，激烈伤雄才。"按李、杜、韩、柳皆推重子昂（见李阳冰《太白集序》，韩愈送《孟东野序》及《荐士》诗，柳宗元《杨评事文集序》），而公倾心尤甚。在绵州时《送梓州李使君之任》诗云："遇害陈公殒，于今蜀道怜。君行射洪县，为我一潸然。"《陈拾遗故宅》云："位下曷足伤，所贵者圣贤。有才继骚雅，哲匠不比肩。公生扬马后，名与日月悬……终古立忠义，《感遇》有遗篇。"他人但称其文字复古之功，公独兼颂其人格之伟大，可以占其怀抱矣。又访县北东武山子昂故宅。《陈拾遗故宅》："拾遗平昔居，大屋尚修椽。悠扬荒山日，惨澹故园烟。"又："彦昭超玉价，郭震起通泉。到今素壁滑，洒翰银钩连。"盖赵彦昭、郭元振题壁尚在也。旋复南之通泉县，访郭元振故居，于庆善寺观薛稷书画壁。鹤注

《过郭代公故宅》："郭公，魏州贵乡人，宅在京师宣阳里。今云故宅。当是尉通泉时所居。"《观薛稷少保书画壁》云："画藏青莲界，书入金榜悬。仰看垂露姿，不崩亦不骞。郁郁三大字，蛟龙岌相缠。又挥西方变。发地扶屋椽。惨澹壁飞动，到今色未填。"《舆地纪胜》："薛稷书'慧普寺'三字，径三尺许，在通泉县庆善寺聚古堂。"米芾《海岳名言》："薛稷书'慧普寺'，老杜以为'蛟龙岌相缠'。今见其本，乃如奈重儿握蒸饼势，信老杜不能书也。"又曰："老杜作薛稷'慧普寺'诗云：'郁郁三大字，蛟龙岌相缠。'今有石本，得视之，乃是勾勒，倒收笔锋，笔笔如蒸饼。'普'字如人偃两拳，伸臂而立，丑怪难状。"赵曰："稷书'慈普寺'三字乃真书，傍有赑屃缠捧，此其'蛟龙岌相缠'也。稷所画西方变相则亡。"张远注："'发地扶屋椽'，谓西方之像起自地面，直至屋椽。"又于县署壁后观稷所画鹤。见《通泉县署壁后捧少保画鹤》诗。《名画录》："又蜀郡亦有（稷）鹤并佛像菩萨等，传于世，并称神品。"

广德元年癸卯（763）岁初，岑参自虢州长史入为太子中允。夏，章彝守梓州。八月，房琯卒。秋后，高适御吐蕃无功。十月，吐蕃陷长安，代宗幸陕州。是年，元结除道州刺史。耿登进士第。

公五十二岁。正月，在梓州，闻官军收河南河北。便欲还东都，俄而复思东下吴楚。《春日梓州登楼二首》："厌蜀交游冷，思吴胜事繁。应须理舟楫，长啸下荆门。"仇曰："盖恐北归未能，转作东游之想也。"按《春晚有双燕》诗曰："今秋天地在，吾亦离殊方。"亦指东游而言也。间尝到阆州，因游牛头、兜率、惠义诸寺。既归梓，又因送辛员外，至绵州。仇注《巴西驿亭观江涨呈窦使君二首》曰:"宝应元年(762)夏,公送严武至绵州,广德元年(763)春,公在梓州,有《惠义寺送辛员外》诗,中云'细草残花',盖春候也;末云'宜到绵州',盖重至绵州矣。此诗末章言春暮,正其时也。今依黄鹤编在广德元年春绵州作。黄谓《年谱》脱漏,是也。"多按自惠义寺送辛员外同至绵州,寺在郪县北,而郪县即梓州治。则是归梓州后,再至绵州也。自绵归梓。《涪城县香积寺官阁》:"寺下春江。"《涪江泛舟送韦班归京》:"伤春一水间。"与前绵州诗节候同。涪城在梓州西北五十五里,绵州又在涪州西北,故知至绵州后,尝归梓州,盖涪城为自绵归梓必经之地也。又往汉州。《旧(唐)书·房琯传》:"宝应二年(即广德元年)四月,拜特进刑部尚书。"公《陪王汉州留杜绵州泛房公西湖》云:"旧相恩追后。"《得房公池鹅》云:"为报笼随王右军。"(以房公在途次也)朱云二诗:"俱及房公赴召,则广德元年春,公尝至汉州矣。旧《谱》不书,略也"。仇曰:"今按《唐书》谓召琯在宝应二年之夏……恐误也。据此诗,春末盖已赴召矣。"夏返梓州。时章彝为刺史。公《陪章留后侍御宴南楼》曰:"绝域长夏晚。"又曰:"屡食将军第,仍骑御史骢。"知夏日,会复在梓也。初秋,复别梓赴阆。九月,祭房琯。琯以八月卒于阆州,公祭文题九月致祭。秋尽,得家书知女病,因急归梓。《客旧馆》旧次在广德元年梓州诗内,诗有"初秋别此亭"及"寒砧昨夜声"之句。仇曰:"《年谱》谓秋往阆州,冬晚复回梓州。据此诗,则是初秋别梓,秋尽复回也。"多按仇说是矣。《发阆州》曰:"女病妻忧归意急,秋花锦石谁能数?别家三月一书来,避地何时免愁苦!"别家三月,与初秋别梓,秋尽复回,时期正合。十一月,将出峡为吴楚之游。《将适吴楚留别章使君留后兼幕府诸公》,鹤编在广德元年(763)十一月,云是代宗未还京时作,故诗云:"重见衣冠走";"黄屋今安否"。按公蓄念出峡,见于诗者,始自上元二年(761)之秋。自是吟咏所及,数见不鲜。至本年春作《双燕》曰:"今秋天地在,吾亦离珠方。"同时《短歌行送祁录事归合州因寄苏使君》曰:"君今起舵春江流,余亦沙边具小舟。幸为达书贤府主,江花未尽会江楼。"江花,荷花也。秋晚自阆州归。作《客旧馆》曰:"无由出江汉,愁绪日冥冥。"则行期已届,犹不果就道,因而兴叹也。本年冬作《桃竹杖引》曰:"老夫复欲东南征,乘涛鼓枻白帝城。"则行期虽误,而东行之念,犹无时或忘也。至是而亲朋馈赆,行资已备。(《留别章使君》曰:"相逢半新故,取别随薄厚。")且已赋诗取别,则居然启程有日矣。王嗣奭曰:"章留后,所为多不法,而待杜特厚,公诗屡谏不悛,想托词避去,乃保身之哲。不欲以数取疏也。不然,有此地主,不必去蜀,又何以别去,而终不去蜀耶?后章将入朝,公寄诗云'江汉垂纶',则公客阆州,去梓不远。"多按公蓄念出蜀,三年于兹。(《草堂》:"贱子且奔走,三年望东吴。")踌躇至是,始果成行,想行旅所资,出于章留后之助居多。其所以卒抵阆而返者,则以严武回蜀故,初非始念所及也。谓公之于章,屡谏不悛,颇怀失望,则有之。若曰诡词去蜀,意在避章,诬公甚矣。后至阆州作《游子》曰:"巴蜀愁谁语,吴门兴杳然。"知公东游之行,非虚饰矣。矧其时方有功曹之补,徒因欲下峡,遂不赴召,则其立意之坚决,尚有何可疑?于是命弟占归成都检校草堂。公之来蜀,四弟唯占与俱,自客岁移家至梓,离草堂且一年矣，至是始命占往检校，临行示诗曰："久客应吾道，相随独尔来。熟知江路近，频为草堂回。鹅鸭宜长数，柴荆莫浪开。东林竹影薄，腊月更须栽。"其意盖终当归住草堂，故命弟频往检点，使勿就芜废。前此有《寄题江外草堂》诗，又有句云："为问南溪竹，抽梢合过墙。"（《送韦郎司直归成都》原注："余草堂在成都西郭。"）又云："我有浣花竹，题诗顺一行。"（《送窦九归成都》）后此归至草堂有诗云："不忍竟舍此，复来薙榛芜。"知此数年间，东西奔突，实无一日忘怀于草堂也。

广德二年甲辰（764）二月，严武再镇蜀。章彝罢梓州刺史东川留后，将入朝，严武因事杀之。三月，高适召还，为刑部侍郎，转左散骑常侍。九月，严武破吐蕃，拔当狗城；十一月，收吐蕃盐井城。是年，郑虔、苏源明相继卒。苏涣登进士第。

公五十三岁。春首，自梓州挈家东首出峡，先至阆州。后有自阆州携家却赴成都诗。公自成都移家至梓，在宝应元年（762）。其自梓移阆，在何时，不见于诗。去秋因女病归家，时妻子犹在梓州。共来阆州当在本年春，意者此时作计出峡，必携家同行也。弟占独留在蜀，则《命占检校草堂诗》可证。会朝廷召补京兆功曹参军，以行程既定，不赴召。《别马巴州》原注："时甫除京兆功曹，在东川。"《杜律演义》："此必作于广德元年以后，盖不赴功曹之补，将东游荆楚，而寄别巴州也。"仇曰："本传即指此。秋，居幕中，颇不乐，因上诗严武述胸臆。《遣闷呈严公二十韵》作于是年，诗曰"分曹失异同"，谓与僚辈不合也；又曰："晓入朱扉启，昏归画角终。不成寻别业，未敢息微躬。"谓礼数拘束，疲于奔走也。按周必大《益公诗话》："韩退之《上张仆射书》

云：'使院故事，晨入夜归，非有疾病事故，辄不许出。抑而行之，必发狂疾。'乃知唐藩镇之属，皆晨入昏归，亦自少暇。如牛僧孺待杜牧，固不以常礼也。"遂得乞假暂归草堂。《到村》以下，多草堂诗。仇注《到村》曰："此乞假而暂到村也。旧注谓是广德二年（764）秋作。明年正月，遂辞幕归村矣。"今按上诗后乃准此假，想当然耳。是时，曹霸在成都，公作《丹青引》赠之。黄鹤定《韦讽宅曹将军画马图歌》《送韦讽上阆州录事参军》两诗为广德二年作，此诗宜与同时。弟颖往齐州。《送舍弟颖赴齐州三首》，鹤定为广德二年秋成都作。诗曰："两弟亦山东。"仇曰："两弟谓丰与观。"多按大历元年（766）有诗题曰："第五弟丰独在江左，近三四载，寂无消息……"诗曰："乱后嗟吾在。"又曰："十年朝夕泪"，是丰自天宝乱后，至大历元年，流落江左，凡十年矣。丰既在江左，则本年诗云"两弟亦山东"者，丰必不与。诗盖言颖赴齐后，并观为两弟在山东耳。大历二年《元日示宗武》仍云："不见江东弟，高歌泪数行。"（原注："第五弟漂泊在江左，近无消息。"）而同时又有《远怀舍弟颖观》等诗，云："阳翟空知处，荆南近得书。"以颖、观并提，知二人本同在一地，后乃分离，一往阳翟，一至荆南耳。此亦可作在山东者为颖与观之谓召补功曹，不至，在上元二年（761）。王洙因之而误。蔡兴宗《年谱》编此诗在广德元年，亦尚未确。广德二年《奉待严大夫》诗云：'欲辞巴徼啼莺合，远下荆门去鹢催。'此诗云：'扁舟系缆沙边久，独把钓竿终远去。'两诗互证，知同为二年所作矣。《杜臆》谓欲适楚，以严武将至，故不果行，此说得之。"二月，且离阆东去，闻严武将再镇蜀，大喜，遂改计却赴成都。《自阆却赴蜀山行》云:"不成向南国,复作游西川。"《奉待严大夫》云:"殊方又喜故人来,重镇还须济世才。常怪偏裨终日待,不知旌节隔年回。欲辞巴徼啼莺合。远下荆门去鹢催。身老时危思会面,一生襟抱向谁开!"《归成都途中》云:"得归茅屋赴成都,直为文翁再剖符。"按自严武去蜀,遽失所依,往来梓阆,彷徨久之。将欲出峡,则"孤矢暗江海,难为五湖游"(见《草堂》),将欲留居,则武夫暴厉,常有失身杯酒之虞(见《将适吴楚留别章留后》)。今闻严武再镇巴蜀,得重依故人,还居草堂,得非日暮穷途,意外之喜?故《却赴蜀山》诗(第三首)极言征途苦中之乐,《待严大夫》诗叙严武之还,《途中寄严》诗预拟归来情事,亦皆喜溢词表,而既归草堂,作诗,历数"旧犬喜我来","邻里喜我归","大官喜我来","城郭喜我来",则直是乐不可支矣。三月,归成都。《春归》有"轻燕受风斜"语,黄鹤编在本年三月。六月,严武表为节度参谋,检校工部员外郎,赐绯鱼袋。见《新(唐)书》本传,《旧(唐)书》作上二年冬,误。《客堂》曰:"台郎选才俊,自顾亦已极。"又曰:"上公有记者,累奏资薄禄",旁证。颖之初来成都,在何时,诗中不载。惟去年冬《命占检校草堂》诗云:"相随独尔来。"明其时颖尚未至。颖之至成都,必在本年无疑。送颖诗又曰:"诸姑今海畔。"考公《范阳卢氏墓志》,审言之女,薛氏所出者,适魏上瑜、裴荣期、卢正均,皆前卒;卢氏所出者,一适京兆王佑,一适会稽贺㧑为。此云在海畔,必贺氏姑也。岁晚,因事寄诗贾至。《别唐十五诫因寄礼部贾侍郎》,旧编在广德二年(764),以贾转礼部在是年,又知东都选也。张远注曰:"时唐十五必柱东都赴举,公故寄诗为之先容也。"是年，与严武唱和最密。

永泰元年乙巳（765）正月，高适卒。四月，严武卒。五月，郭英又为成都尹。九月，吐蕃、回纥入寇。十月，回纥受盟而还。郭英又为兵马使崔旰所杀，邛州牙将柏茂琳、泸州杨子琳、剑南李昌夔皆起兵讨奸，蜀中大乱。是年，韦应物授京化功曹，迁洛阳丞。令狐楚生。

公五十四岁。正月三日，辞幕府，归浣花溪。见《正月三日归溪上有作简院内诸公》。自春徂夏，居草堂。黄庭坚《题杜子美浣花醉图》摹写公此时之生活，最精妙。诗曰："拾遗流落锦官城，故人作尹眼为青。碧鸡坊西作茅座，百花潭水濯冠缨。故衣未补新衣绽，空蟠胸中书万卷。探道欲度羲黄前，论诗未觉《国风》远。干戈峥嵘暗寓县，杜陵韦曲无鸡犬。老妻稚子且眼前，弟妹漂零不相见。此公乐易真可人。园翁溪友肯下邻。邻家有酒皆邀去，得意鱼鸟来相亲。浣花酒舡散车骑，野墙无主看桃李。宗文守家宗武扶，落日蹇驴驮醉起。愿闻脱冠脱兜鍪，老儒不用千户侯。中原未得平安报，醉里眉攒万国愁……"五月，携家离草堂南下。《去蜀》曰："如何关塞阻，转作潇湘游。"则此行欲往湖南也。去岁，自梓州东下。其目的地亦系湖南，《桃竹杖引》及《留别章梓州》诗可证。至嘉州。有《青溪驿奉怀张之绪》诗，驿在嘉州。《狂歌行赠四兄》曰："今年思我来嘉州。"知先至嘉州，因四兄之召也。诗又曰："女拜弟妻男拜弟。"知妻子同行也。六月，至戎州，《宴戎州杨使君东楼》云："轻红擘荔枝。"当是其年六月作。黄鹤曰："黄山谷《在戎州食荔枝》诗云：'六月连山柘枝红。'可知荔枝熟于六月也。"多按明年《解闷十二首》曰："忆过泸戎摘荔枝，青枫隐映石逶迤。"即指此役。曰青枫，是在秋前也。自戎至渝州，候严六侍御，不到，先下峡。有诗题如此。入秋，至忠州。《禹庙》云："秋风落日斜。"忠州临江县南有禹祠（见《方舆胜览》），知至忠时已入秋。居龙兴寺院。时有《宴忠州使君侄宅》诗，而《题忠州龙兴寺所居院壁》曰："空看过客泪，莫觅主人恩。"仇曰："使君必失于周旋，故有客泪主恩之慨。"按陆游有《游龙兴寺吊少陵寓居》诗，原注曰："寺门外，江声甚壮。"九月，至云安县。有《云安九日郑十八携酒陪诸公宴》诗。因病，遂留居云安。《别常征君》云："卧病一秋强。"顾注："永泰元年（765），自秋徂冬，公在云安，故云'卧病一秋强。'"多按《移居夔州作》："伏枕云安县。"《客堂》："栖泊云安县，消中内相毒。旧疾廿载来，衰年得无足。"《别蔡十四著作》："巴道此相逢，会我病江滨。"《赠郑十八贲》："水陆迷畏途。药饵驻修轸。"《客居》："我在路中央，生理不得论。卧愁病脚废……"《十二月一日三首》："肺病几时朝日边。""茂陵著书消渴长。"——此皆可证留居云安，因病故也。《杜鹃》："值我病经年。"《峡中览物》："舟中得病移衾枕，洞口经春长薜萝。"《寄薛三郎中璩》："峡中一卧病，疟疠经冬春。春复加肺病，此病盖有因。早岁与苏郑，痛饮情相亲。"——此可证明春犹未平复，不但"一秋强"也，又知得病之因，乃以早岁痛饮故耳。又合观前后诸诗，知病症有疟疠，有咳嗽（"病肺"），又因久病而脚废。馆于严明府之水阁。仇注《水阁朝霁简云安严明府》："时公居严之水阁，故作诗以赠之。"多按《赠郑十八贲》曰："数杯资好事，异味烦县尹。"县尹即严。既留居水阁，又为致异味，知严款待之殷。故《简严》诗云："晚交严明府。"喜交友之得人也。又按水阁之形胜，考之诗中，亦有足征者：《水阁朝霁简严诗》曰："东城抱春岑，江阁邻石面。"《客居》曰："客居所居堂，前江后山根。下堑万寻岸，苍涛郁飞翻。葱青众木梢，邪竖杂石痕。"《子规》曰："峡里云安县，江楼翼瓦齐。两边山木合，终日子规啼。"《十二月一日三首》曰"日满楼前江雾黄"，是也。

大历元年丙午（766）二月，杜鸿渐为东西川副元帅。秋后，柏茂琳为夔州都督。是年，岑参为嘉州刺史。窦叔向登进士第。薛据、孟云卿并在荆州。卢纶自鄱阳还京师约当此年。

公五十五岁。春，在云安。时岑参方为嘉州刺史，寄诗赠之。自乾元元年公与参同官两省，至大历元年，才九年，而诗云："不见故人十年余。"此公误记耳。据杜确《岑参集》序，参自库部郎中出为嘉州刺史，杜鸿渐表为职方郎中、兼侍御史，列于幕府，无几，使罢，寓居于蜀。鸿渐以本年二月为东西川副元帅。公诗题寄岑嘉州，原注曰："州据蜀江外。"则必作于二月以前。诗曰："泊船秋夜始春草。"明指去年秋抵云安，至本年春，尚留居其地。诗作于大历元年春，益无疑矣。春晚，移居夔州。《移居夔州作》曰："伏枕云安县，迁居白帝城。"此诗又曰："春知催柳别。"《船下夔州郭别王十二》曰："风起春灯乱。"而《客堂》诗，诸家亦系于本年，诗曰："巴莺粉未稀。徽麦早向熟……漠漠春辞木。"知公移居夔州，时在春晚矣。初寓山中"客堂"。《客堂》："舍舟复深山，窅窕一林麓。"《催宗文树鸡栅》："喧呼山腰宅。"知堂在山中。《贻华阳柳少府》："俱客古信州（按即夔州），结庐依毁垣。相去四五里，径微山叶繁。"又尝于墙东树鸡栅，堂下种莴苣，想其制必甚陋。《雨二首》云："殊俗状巢居。"《赠李十五丈别》云："峡人鸟兽居，其室附层巅。"元稹《通州》诗云："平地才应一顷余，阁拦都大似巢居。"自注："巴人都在山坡架木为居，自号'阁拦头'，公今所居，即此类欤？秋日，移寓西阁。《中宵》："西阁百寻余，中宵步绮疏。"《西阁雨望》："滂沱朱槛湿，万虑倚檐楹。《秋兴八首》："山楼粉堞隐悲笳。"《夜宿西阁呈元二十一曹长》："稍通绡幕霁。"绮疏绡幕，朱槛粉堞，与前居之客堂，迥不侔矣。《不离西阁三首》："江云飘素练，石壁断空青。沧海先迎日，银河倒列星。"则又特饶景物之胜。故诗又曰："平生耽胜事，吁骇始初经。"盖题曰"不离西阁"者，不忍离也。仇从《杜臆》云有厌居西阁意，大谬。集中凡题"西阁"诸诗，所记物候，咸属秋冬，知秋始来居此。同时诗中又有"草阁"之名，一称"江边阁"，《杜臆》以为别是一处。以《解闷十二首》"草阁柴扉星散居"，及《暮春》"沙上草阁柳新暗"之句征之，或然。秋后，柏茂琳为夔州都督，公颇蒙资助。《峡口二首》原注："主人柏中丞，频分月俸。"柏中丞，或误以为柏贞节，辨详王道俊《博议》。明年夏，有《园官送菜》及《园人送瓜》诗，皆茂琳所致者。是年，多追忆旧游之作。

大历二年丁未（767）皇甫冉迁右补阙。

公五十六岁。在夔州。春，自西阁移居赤甲。《赤甲》："卜居赤甲迁居新，两见巫山楚水春。"《入宅三首》："客居愧迁次，春色渐多添。花亚欲移竹，鸟窥新卷帘。"又曰："乱后居难定，春归客未还。"知移赤甲在春。三月，迁居瀼西草屋。去年冬作《瀼西寒望》曰："瞿塘春欲至，定卜瀼西居。"是居瀼西之意，自去冬始也。《小园》曰："客病留因药，春深买为花。"是春深时始买宅，与《暮春题瀼西新赁草屋五首》，及《卜居》"春耕破瀼西，桃红客若至"之句合也。《柴门》曰"约身不愿奢，茅栋盖一床"；《夔府咏怀一百韵》曰"茅斋八九椽"，曰"缚柴门窄窄"；《暇日小园散病》曰"及乎归茅宇"；《课竖子斫果林枝蔓》曰："病枕依茅栋"——知是草屋也。《上后园山脚》曰"小园背高冈"；《柴门》曰"石乱上云气，杉清延明华"，《课伐木》曰"舍西崖峤壮。雷雨蔚含蓄"；《夔府咏怀一百韵》曰："阵图沙北岸，市暨瀼西巅。（原注：峡人目市井泊船处曰"市暨"，江水横通山谷处，方人谓之"瀼"。）……堑抵公畦棱，村依野庙塓。缺篱将棘拒，倒石赖藤缠。"《课小竖斫果木枝蔓》曰："篱弱门何向，沙虚岸只摧。"《小园》曰："秋庭风落果，瀼岸雨颓沙。"《课伐木序》曰："夔人屋壁列树白菊，墁为墙，实以竹，示式遏，为与虎近。"——宅周事物，无远近巨细，悉可考也。附宅有果园四十亩。明年出峡，以瀼西果园四十亩赠"南卿兄"。又有诗题"课小竖锄斫舍北果林枝蔓荒秽净讫，移床三首"。又有《阻雨不得归瀼西甘林》诗。曰"果园"，曰"果林"，曰"甘林"，实即一处。果林在舍北，而《阻雨不得归甘林》曰"欲归瀼西宅，阻此江浦深"，则甘林亦在舍傍也。仇曰："公瀼西诗，有'果园'，有'甘林'，果园四十亩，他日所举以赠人者。甘林则为治生计。所云'客居暂封殖'者。《杜臆》谓朝行所视之园树，专指果园，于甘林无豫，故云'丹橘黄甘此地无'。今按'此地无'，正言柑橘之独盛。篇中'林香'、'出实'二语，明说丹橘矣。也可云甘林在果园之外乎？大抵分而言之，则甘林另为一区；合而言之，甘林包在果园之内。盖四十亩中，自兼有诸果也。"多按《夔府咏怀一百韵》曰："色好梨胜颊，穰多栗过拳。"则仇云兼有诸果，是矣。蔬圃数亩。《小园散病将种秋菜督勒耕牛兼书触目》："深耕种数亩，未甚后四邻。嘉蔬既不一，名数颇具陈。"《驱竖子摘苍耳》："畦丁告劳苦，无以供日夕。"此公有蔬圃之证。诗中屡言"小园"，悉指此也。蔬圃曰小园，对四十亩果园之大者而言之。又按《夔园咏怀》："紫收岷岭芋，白种陆池莲。"《秋野五首》："枣熟从人打，葵荒欲自锄"；"风落收松子，天寒割蜜房。"——总此所纪。并柑橘梨果，蔬圃所产，及东屯之稻，则套生计之裕，盖无逾于此际矣。又有稻田若干顷，在江北之东屯。《行官张望补稻畦水归》曰："东屯大江北，百顷平若案。六月青稻多，千畦碧泉乱。"又有诗题曰："秋，行官张望督促东渚（按即东屯）耗稻，向毕，青晨遣女奴阿稽竖子阿段往问。"《自瀼西移居东屯》曰："白盐危峤北，赤甲古城东。平地一川稳，高山四面同。烟霜凄野日，粳稻熟天风。"按前诗云"百顷平若案"，《茅堂检校收稻二首》云"平田百顷间"，《夔州歌十首》亦云"东屯稻畦一百顷"，皆通东屯之田而言。百顷非尽公所有也。据《困学纪闻》，东屯之田，公孙述所开以积谷养兵者，故公《东屯夜月》曰："防边旧谷屯。"《舆地纪胜》云："东屯稻米为蜀第一。"故公《孟冬》诗有"尝稻雪翻匙"之句。弟观自京师来。有诗题曰："得舍弟观书，自中都（按即长安）已达江陵，今兹暮春月合到夔州……"又有《喜观即到题短篇二首》。后有《送弟观归蓝田迎妇》诗，知观果到夔也。秋，因获稻暂住东屯。《自瀼西荆扉且移居东屯茅屋四首》曰："东屯复瀼西，一种住青溪，来往皆茅屋，淹留为稻畦。市喧宜近利（按指瀼西，他章"市暨瀼西巅"可证），林僻此无蹊。若访衰翁语，须令剩客迷。"《向夕》："畎亩孤城外，江村乱水中"，又曰"鸡栖草屋同"，即指此处。于栗《东屯少陵故居记》曰："峡中多高山峻谷，地少平旷。东屯距白帝五里而近。稻田水畦延袤百顷，前带清溪，后枕崇冈，树林葱蒨，气象深秀，称高人逸士之居。"陆游《高斋记》："东屯，李氏居已数世，上距少陵，才三易主，大历初故券犹在。"白巽《东屯行》："雨足稻畦春水满，插身未半青短短。马尘追逐下关头，北望东屯转三坂。一川洗尽峡中想，远浦琉林分气象。沟塍漫漫堰源低，滩濑泠泠石矶响。中田筑场亦有庐，恽飞夏屋何渠渠。李氏之子今地主，少陵祠堂疑故居。"原注："东屯有青苗坡。"按即公《夔州歌》"北有涧水通青苗"也。何宇度《谈资》："工部草堂，在城东十余里，尚有遗址可寻，止有一碑，存数字，题'重修东屯草堂记'，似是元物。"适吴司法自忠州来，因以瀼西草堂借吴居之。见《简吴郎司法》，诗曰："却为姻娅过逢地。"知吴乃公之姻娅也。又曰："江帆飒飒乱帆秋。"同时有《又呈吴郎》云："堂前扑枣任西邻。"知吴到夔，约在八月也。是时，始复动东游荆湘之意。《舍弟观归蓝田迎新妇送示二首》："满峡重江水，开帆八月舟。此时同一醉，应在仲宣楼。"期以八月会弟于江陵也。同时有《峡隘》诗，则远想江陵之胜，计期弟观且到，因恨出峡之不早也。《秋日寄题郑审湖上亭三首》："舍舟因卜地，邻接意如何？"郑时在夷陵，欲往与结邻而居也。《昔游》："杖藜望清秋，有兴入庐霍。"《雨》："宿留洞庭秋，天寒潇湘素。杖策可入舟，送此齿发暮。"皆欲及秋东游也。《秋清》："十月江平稳，轻舟进所如。"八月之行不果，期以十月也。《夜雨》："天寒出巫峡，醉别仲宣楼。"《更题》："只应踏初雪，转马发荆州。"秋不果行，期以冬候也。《白帝城楼》："夷陵春色起，渐拟放扁舟。"冬又不果行，更待之来年也。十月十九日，于夔州别驾元持宅观李十二娘舞"剑器"。见《观公孙大娘弟子舞剑器行》。本年，仍复多病。秋，左耳始聋。见《耳聋》《复阴》及《独坐二首》。

大历三年戊申（768）秋，李之芳卒。十月，李勉拜广州刺史。是年，岑参罢官东归，道阻，淹滞戎州。李筌进《太白阴经》。韩愈生。

公五十七岁。正月中旬，去夔出峡。《续得观书迎就当阳居止正月中旬定出三峡》："自汝到荆府，书来数唤吾。"当阳县属荆州。临去，以瀼西果园赠"南卿兄"。有诗题略如此。陆游《野饭诗》自注："杜氏家谱，谓子美下峡，留一子守浣花旧业，其后避乱成都，徙眉州大坝，或徙大蓬云。"按留子不见于诗，不足信。三月，至江陵。时卫伯玉为节度使，杜位在幕中。李之芳、郑审并在江陵，数从游宴。夏日，暂如外邑。《水宿遣兴奉呈群公》："小江还积浪"，曰"行舟却向西"，曰"异县惊虚往"，知是外邑。留江陵数月，颇不得意。《水宿遣兴奉呈群公》："童稚频书札，盘飧诣糁藜？我行何至此，物理直难齐！"又曰："余波期救涸，费日苦轻赍。杖策门阑邃，肩舆羽翮低。自伤甘贱役，谁愍强幽栖！"《秋日荆南述怀三十韵》："苦摇求食尾，常曝报恩鳃。

结舌防谗柄，探肠有祸胎。苍茫步兵哭，展转仲宣哀。饥藉家家米，愁征处处杯。休为贫士叹，任受众人咍。"《舟出江陵南浦奉寄郑少尹审》："栖托难高卧，饥寒迫向隅。寂寥相响沫，浩荡报恩珠。"《移居公安敬赠卫大郎》："交态遭轻薄。"《久客》："羁旅知交态，淹留见俗情。衰颜聊自哂，小吏最相轻。"意者地主失于周旋耳。卢元昌曰："公在江陵，至小吏相轻，吾道穷矣。于颜少府曰'不易得'（按见《醉歌行》），于卫大郎亦曰'不易得'（按见《移居公安敬赠卫大郎》），志幸，亦志慨也。"多按卫大郎，名钧，伯玉之子。钧之于公，能以礼遇，则诗中所指，恐非伯玉。前诗云："异县惊虚往"，忤公者，岂外邑之主人欤？秋末，移居公安县。《移居公安山馆》云"北风天正寒"，此既至公安后作也。《移居公安敬赠卫大郎》有"秋露接园葵"之句。卫在江陵，诗盖作于将发江陵之时，故定为秋末移居。遇顾诫奢。《醉歌行赠公安颜十少府请顾八题壁》："君不见东吴顾文学，君不见西汉杜陵老，诗家笔势君不嫌，词翰升堂为君扫。"李晋肃。晋甫，李贺之父，即韩愈所为作《辨讳》者。《公安送李入蜀》诗称二十九弟，李必公之姻娅。及僧太易。见《留别公安太易》诗。太易又善司空曙，有赠《司空拾遗》诗。留憩公安数月，《留发公安》原注："数月憩息此具。"陆游《入蜀记》曰："公《移居公安》诗，'水烟通径草，秋露接国葵'，而《留别太易沙门》诗，'沙村白雪仍含冻，江县红梅已放春'，则以是秋至此，暮冬始去。其曰'数月憩息'盖谓此也。"卢元昌曰："是时公安有警，故于《山馆》有'世乱敢求安'句，后《晓发》则曰'邻鸡野哭如昨日'，《发刘郎浦》则曰：'岸上空村尽豺虎'，此章（按即

《移居公安赠卫大郎》）'入邑豺狼斗'，必有所指矣。"岁晏，至岳州。《别董颋》："汉阳颇宁静，岘首试考槃。"与《公安送李晋肃》题中"余下沔鄂"语吻合。《送李诗》云"正解柴桑缆"，盖将由两沔鄂下柴桑也。然而所至乃岳州，柴桑之行盖不遂耳。黄生曰："柴桑在江州。前诗云'江州涕不禁'，公岂有弟客此，而欲访之耶？又诗'九江春色外，三峡暮帆前'，知公久有此兴，或此行终不果耳。"多按大历二年《又示两儿》诗曰："长葛书难得，江州涕不禁，团圆思弟妹，行坐白头吟。"仇云。"前有送弟往齐州诗，长葛与齐州相近，故知长葛指弟。《七歌》云'有妹在钟离'，江州与钟离相近，故知江州指妹。"此可证黄说之讹。

大历四年己酉（769）二月，韦之晋自衡州刺史。迁潭州。是年，杜鸿渐卒。李益、冷朝阳并登进士第。

公五十八岁。正月，自岳州至南岳，游道林二寺，观宋之问题壁。《岳麓山道林二寺行》："宋公（原注：宋之问）放逐曾题壁，物色分留待老夫。"入洞庭湖。《过南岳入洞庭》："春生力更无。"宿青草湖；又宿白沙驿；过湘阴，谒湘夫人祠。更溯流而上，以二月初抵凿石浦（湘潭县西），宿之。又过津口，次空灵岸（湘潭县西一百六十里）。宿花石戍，次晚州（在湘潭）。三月，抵潭州。《清明二首》："此身漂泊苦西东，右臂偏枯半耳聋。寂寂系舟双下泪，悠悠伏枕左书空。"老病穷途，心绪可知也。发潭州，次白马潭，入乔口。原注："长沙北界。"至铜官渚，阻风。发铜官，宿新康江口。《北风》原注："新康江口信宿方行。"次双枫浦，遂抵衡州。《上水遣怀》："但遇新少年，少逢旧亲友……后生血气豪，举动见老丑。穷迫挫囊怀，常如中风走。"仇曰："公初入蜀则曰'故人供禄米'，在梓阆则曰'穷途仗友生'，再还蜀则曰'客身逢故旧'，初到夔则曰'亲故时相问'。至此则亲朋绝少，旅况益艰，故篇中多抑郁恶伤之语。"按公至湖南，必欲依韦之晋，及其既至，而韦旋卒。公晚节命途之舛，至于此极！之晋以本年二月受命自衡州刺史改潭州。公到潭时，之晋或犹未行，故有《奉送韦中丞之晋赴湖南》诗，在衡州送韦之潭也。四月，之晋卒，公有诗哭之，词极哀痛。夏，畏热，复回潭州。仇曰："是年有《发潭州》及《发白马潭》诗，乃春日自潭往衡岳也。又据韦迢《早发湘潭寄杜员外诗》云'湘潭一叶黄'，知秋深复在潭州矣。观公《楼上》诗'身事五湖南'，'终是老湘潭'，皆可证。"晤张建封。《别张十三建封》："相逢长沙亭。"时苏涣旅居江侧，忽一日，访公于舟中，公请涣诵诗，大赏异之。遂订交焉。见《苏大侍御访江浦赋八韵记异》诗并序，又有《又枉裴道州手札率尔遣兴寄苏涣侍御》诗云："倾壶萧管动白发（按此公自谓），舞剑霜雪吹青春（此谓苏），宴筵曾语苏季子，后来杰出云孙比。茅斋定王城郭门，药物楚老渔商市。市北肩舆每联袂，郭南抱翁亦隐几。"卢注："苏卜斋定王郭门，公卖药鱼商市上，苏访公于市北，则肩舆频至；公访苏于郭南，则隐几萧然。此叙彼此往来之谊也。"终岁在潭州。

大历五年庚戌（770）四月，湖南兵马使臧玠杀其团练使崔瓘。杨子琳、阳济、裴虬各出兵讨玠，子琳取赂而还。是年，李端登进士第。李公佐生。

公五十九岁。春，在潭州。正月二十一日，检故帙，得高适上元二年人日见寄诗，因追酬一首，寄示汉中王瑀及敬超先。序曰："自枉诗，已十余年，莫记存殁，又十余年矣，老病怀旧，生意可知。今海内忘形故人，独汉中王瑀与昭州敬使君超先在，爱而不见，情见乎辞。"暮春，逢李龟年。《明皇杂录》："龟年……后流落江南，每遇良辰胜景，常为人歌数阕，座上闻之，莫不掩泣罢酒。"《云溪友议》："李龟年奔江潭。曾于湖南采访使筵上唱：'红豆生南国，春来发几枝；赠公多采摘，此物最相思。'又云：'清风明月苦相思，荡子从戎十载余。征人去日殷勤嘱，归雁来时数附书。'此词皆王维所作也。"四月，避乱入衡州。《入衡州》曰："销魂避飞镝，累足穿豺狼。隐忍枳棘刺，迁延胝胼疮。远归儿侍侧，犹乳女在傍。久客幸脱免，暮年惭激昂。萧条向水陆，泪没随渔商。"《逃难》云："五十头白翁，南北逃兵难。疏布缠枯骨，奔走苦不暖。"《舟中苦热遣怀》云"中夜混黎甿，脱身亦奔窜，……耻以风疾辞，胡然泊湘岸？入舟虽苦热，垢腻可溉灌。"欲往郴州依舅氏崔伟。时崔摄郴州。本年春，有《奉送二十三舅录事之摄郴州》诗曰："气春江上别。"《入衡州》曰："诸舅剖符近，开缄书札光。频繁命屡及，磊落字百行（言崔见招也）。江总外家养，（感舅德也），谢安乘兴长，（将赴郴也）……柴荆寄乐土（将居郴也）……"因至耒阳，时属江涨，泊方田驿，半旬不得食，聂令驰书为致牛炙白酒。呈聂诗题曰："聂耒阳以仆阻水，书致酒肉，疗饥荒江。诗得代怀，兴尽本韵、至县呈聂令。陆路去方田驿四十里，舟行一日。时属江涨，泊于方田。"诗曰："耒阳驰尺素，见访荒江渺……知我碍湍涛，半旬获浩，孤舟增郁郁，僻路殊悄悄……礼过宰肥羊，愁当置清醥。"按世传饫死之说，不实，辩详见后。推公阻水缺食之期间，诗明言"半旬"，而诸书或曰涉旬（《明皇录杂》），或曰旬日（《新书》），或曰旬余（鹤语），皆不根之谈，此亦不可不辩也。鹤曰："郴州与耒阳，皆在衡州东南。衡至郴，四百余里，郴水入衡。公初欲往郴依舅氏，卒不遂。其至方田也，盖溯郴水而上，故诗云'方行郴岸静。'"按耒阳至衡州，一百六十八里。盛夏回棹，秋至潭州小憩，遂遍别亲友，溯湘而下。《回棹》旧编在大历五年，诗曰"蒸池疫疠遍"，"火云滋垢腻"，知返棹时当盛夏也。《登舟将适汉阳》曰："秋帆催客归"，又有《暮秋将归秦留别湖南幕府亲友》诗，知发潭州时属暮秋也。将出沔鄂，由襄阳转洛阳，迤逦归长安。《回棹》曰："清思汉水上，凉忆岘山巅。"《登舟将适汉阳》曰："鹿门自此往，永息汉阴机。"而在潭州留别湖南亲友诗题曰"将归秦"，知此行乃归长安，而预计经由之地，亦皆历历可考。冬，竟以寓卒于潭岳间，旅殡岳阳。黄鹤曰："夏如郴，因至耒阳，访聂令，经方田驿，阻水旬余。聂令致酒肉。而史云令尝馈牛炙白酒，大醉，一夕卒。尝考谢聂令诗有云'礼过宰肥羊，愁当置清醥'。其诗题云'兴尽本韵'，又且宿留驿近山亭。若果以饫死。岂复能为是长篇，又复游憩山亭？以诗证之，其诬自可不考。况元稹作志，在（旧史）前。初无此说。按是秋舟下洞庭，故有《暮秋将归秦奉留别亲友》诗。又有《洞庭湖》诗云：'破浪南风正，回樯畏日斜。'言南风畏日，又云回樯。则非四年所作甚明；当是是年，自衡州归襄阳，经洞庭诗也。元微之《志》云：'扁舟下荆楚，竟以寓卒，旅殡岳阳。其后嗣业启柩，襄祔事于偃师，途次于荆，拜余为志。'吕汲公亦云：'夏还襄汉，卒于岳阳。'鲁谱云：'其卒当在衡岳之间，秋冬之交。'但衡在潭之上流，与岳不相邻，舟行必经潭，然后至岳，当云在潭岳之间。蔡《谱讲》以史为是，以吕为非，盖未之考耳。"仇兆鳌曰："五年冬，有《送李衔》诗云：'与子避地西康州，洞庭相逢十二秋。'西康州即同谷县。"公以乾元二年（759）冬寓同谷，至大历五年（770）之秋，为十二秋。又有《风疾舟中》诗云："十暑岷山葛，三霜楚户砧。"公以大历三年春适湖南，至大历五年之秋，为三霜。以二诗证之，安得云是年之夏卒于耒阳乎？多按《风疾舟中伏枕书怀呈湖南亲友》，题曰"舟中伏枕"，诗又曰"羁旅病年侵"，是舟中构疾也，诗又曰"群云惨岁阴"，曰"郁郁冬炎瘴"，时在冬候也。公之卒，在大历五年冬，无疑。又按戎昱《耒阳溪夜行》原注云："为伤杜甫作。"昱大历间人，有赠岑参诗。则是公饫死耒阳之说，由来甚久，其详见于郑处晦《明皇杂录》。厥后罗隐有《经耒阳杜工部墓》诗。郑谷《送沈光》诗亦曰："耒阳江口春山绿，恸哭应寻杜甫坟。"杜荀鹤《吊陈陶处士》曰："耒阳山下伤工部，采石江边吊翰林。两地荒坟各三尺，却成开解哭君心。"孟宾于《耒阳杜公祠》曰"白酒至今闻"；徐介《耒阳杜工部祠堂》曰"故教工部死，来伴大夫魂"；裴说《题耒阳杜公祠》曰："拟掘孤坟破，重教《大雅》生"；裴谐同作曰："名终埋不得，骨朽且何妨？"此皆宋以前诗也（《耒阳县志》载李节《耒阳吊杜子美》诗，称节为天宝词客。则显系伪托）。然同时亦有怀疑之说。《诗话总龟》载僧绍员诗云："百年失志古来有，牛肉因伤是也无？"又载耒阳令诗云："诗名天宝大，骨葬耒阳空。"此皆言聂令空堆土也。黄鹤已知公实不死于耒阳，乃犹疑耒阳有坟有祠，谬说之起必有因，遂又创为新说，谓公尝瘗宗文于耒阳，后人遂误以为公坟耳，其所据则《风疾舟中伏枕书怀诗》"瘗夭追潘岳"句，及下句渴死事也。今按《入衡州》云"犹乳女在傍"，夭者想是此女耳。潘岳《西征赋》："夭赤子于新安，坎路侧而瘗之。"公诗用此事，于哺乳之女乃切当。若宗文，是时计年已及冠，得谓为赤子耶？仇氏驳之曰："宗文若卒于湖南，应有哭子诗，而集中未尝见。"信然。《山海经》："夸父与日逐走，渴死，弃其杖，化为邓林。"此下句"持危觅邓林"所用事也。黄鹤割裂"渴死"二字，以属宗文，致文意乖乱不可通。今按"觅邓林"，觅瘗夭之所也（邓林，夸父死处，故得借用以言窆所），"持危"谓忍渴冒死以觅之也。诗题本云"舟中伏枕"，上句又云"行药病涔涔"，下句云"蹉跎翻学步"，则划是力疾瘗夭，行步艰难，故云"持危"耳。仇注："邓林，谓老行须杖。"亦胜于鹤说百倍。

英译李太白诗

《李白诗集》The Works of Li Po, The Chinese Poet.

小畑熏良译Done into English Verse by Shigeyoshi Obata, E.P. Dutton & Co, New York City, 1922.

小畑熏良先生到了北京，更激动了我们对于他译的《李白诗集》的兴趣。这篇评论披露出来了，我希望小畑熏良先生这件惨淡经营的工作，在中国还要收到更普遍的注意，更正确的欣赏。书中虽然偶尔也短不了一些疏忽的破绽，但是大体上看起来，依然是一件很精密，很有价值的工作。如果还有些不能叫我们十分满意的地方，那许是应该归罪于英文和中文两种文字的性质相差太远了；而且我们应注意译者是从第一种外国文字译到第二种外国文字。打了这几个折扣，再通盘计算起来，我们实在不能不佩服小畑熏良先生的毅力和手腕。

李太白诗，非无法度，乃从容于法度之中，盖圣于诗者也。古风两卷，多效陈子昂，亦有全用其句处。太白去子昂不远，其尊慕之如此。然多为人所乱，有一篇分为三篇者，有二篇合为一篇者。

——《朱子语类》

这一本书分成三部分：（一）李白的诗，（二）别的作家同李白唱和的诗，以及同李白有关系的诗，（三）序，传，及参考书目。我把第一部分里面的李白的诗，和译者的序，都很尽心的校阅了，我得到无限的乐趣，我也发生了许多的疑窦。乐趣是应该向译者道谢的，疑窦也不能不和他公开的商榷。

陈子昂为海内文宗，李太白为古今诗圣。

——杨升庵《周受庵诗选序》

第一我觉得译李白的诗，最要注重鉴别真伪，因为集中有不少的"赝鼎"，有些是唐人伪造的，有些是五代中国人伪造的，有些是宋人伪造的，古来有识的学者和诗人，例如苏轼讲过《草书歌行》《悲歌行》《笑歌行》《姑熟十咏》，都是假的；黄庭坚讲过《长干行》第二首和《去妇词》是假的；萧士赟怀疑过的有七篇，赵翼怀疑过的有两篇；龚自珍更说得可怕——他说李白的真诗只有一百二十二篇，算起来全集中至少有一半是假的了。

庄屈实二，不可以并，并之以为心，自白始；儒、仙、侠实三，不可以合，合之以为气，又自白始也。

——清　龚自珍《最录李白集》

我们现在虽不必容纳龚自珍那样极端的主张，但是讲李白集中有一部分的伪作，是很靠得住的。况且李阳冰讲了"当时著作，十丧其九"，刘全白又讲"李君文集，家有之而无定卷"，韩愈又叹道："惜哉传于今，泰山一毫芒"。这三个人之中，阳冰是太白的族叔，不用讲了。刘全白、韩愈都离着太白的时代很近，他们的话应当都是可靠的。但是关于鉴别真伪的一点，译者显然没有留意。例如：《长干行》第二首，他便选进去了。鉴别的工夫，在研究文艺，已然是不可少的，在介绍文艺，尤其不可忽略。不知道译者可承认这一点？

诗之极致有一，曰入神，诗而入神，至矣尽矣，蔑以加矣，惟李、杜得之，他人得之盖寡也。

——《沧浪诗话》

再退一步说，我们若不肯断定某一首诗是真的，某一首是假的，至少好坏要分一分。我们若是认定了某一首是坏诗，就拿坏诗的罪名来淘汰它，也未尝不可以。尤其像李太白这样一位专仗着灵感作诗的诗人，粗率的作品，准是少不了的。所以选诗的人，从严一点，总不会出错儿。依我的见解，《王昭君》《襄阳曲》《沐浴子》《别内赴征》《赠内》《巴女词》，还有那证明李太白是日本人的朋友的《哭晁卿衡》一类的作品，都可以不必翻译。至于《行路难》《饯别校书叔云》《襄阳歌》《扶风豪士歌》《西岳云台歌》《鸣皋歌》《日出入行》等等的大作品，都应该入选，反而都落选了。这不知道译者是用的一种什么标准去选的，也不知道选择的观念到底来过他脑筋里没有。

> 洛阳三月飞胡沙，洛阳城中人怨嗟。
> 天津流水波赤血，白骨相撑如乱麻。
> 我亦东奔向吴国，浮云四塞道路赊。
> 东方日出啼早鸦，城门人开扫落花。
> 梧桐杨柳拂金井，来醉扶风豪士家。
> 扶风豪士天下奇，意气相倾山可移。
> ……
>
> ——李白　《扶风豪士歌》

太白最擅长的作品是乐府歌行，而乐府歌行用自由体译起来，又最能得到满意的结果。所以多译些《蜀道难》《梦游天姥吟留别》一类的诗，对于李太白既公道，在译者也最合算。太白在绝句同五律上固然也有他的长处；但是太白的长处正是译者的难关。李太白本是古诗和近体中间的一个关键。他的五律可以说是古诗的灵魂蒙着近体的躯壳，带着近体的藻饰。形式上的秾丽许是可以译的，气势上的浑璞可没法子译了。但是去掉了气势，又等于去掉了李太白。"我来竟何事，高卧沙丘城？城边有古树，日夕连秋声……"这是何等的气势，何等古朴的气势！你看译到英文，成了什么样子？

Why have I come hither, after all?

Solitude is my lot at Sand Hill city
There are old trees by the city wall
And many voices of autumn, day and night

这还算好的,再看下面的,谁知道那几行字就是译的"人烟寒橘柚,秋色老梧桐"。

The smoke from the cottages curls
Up around the citron trees,
And the hues of late autumn are
On the green paulownias.

江城如画里,山晚望晴空。
两水夹明镜,双桥落彩虹。
人烟寒橘柚,秋色老梧桐。
谁念北楼上,临风怀谢公。

——李白诗《秋登宣城谢朓北楼》

这到底是怎么一回事?怎么中文的"浑金璞玉",移到英文里来,就变成这样的浅薄,这样的庸琐?我说这毛病不在译者的手腕,是在他的眼光,就像这一类浑然天成的名句,它的好处太玄妙了,太精微了,是禁不起翻译的。你定要翻译它,只有把它毁了完事!譬如一朵五色的灵芝,长在龙爪似的老松根上,你一眼瞥见了,很小心的把它采了下来,供在你的瓶子里,这一下可糟了!从前的瑞彩,从前的仙气,于今都变成了又干又瘪的黑菌。你搔着头,只着急你供养的方法不对。其实不然,压根儿你就不该采它下来,采它就是毁它,"美"是碰不得的,一粘手它就毁了,太白的五律是这样的,太白的绝句也是这样的:

峨眉山月半轮秋,影入平羌江水流。夜发青溪向三峡,思君不见下渝州。

The autumn moon is half round above Omei Mountain

Its pale light falls in and flows with the water of the Pingchang River.

In-ninght I leave Chingchi of the limpid stream for the Three Canyons,

And glides down past Yuchow, thinking of you whom I can not see.

问余何意栖碧山,
笑而不答心自闲。
桃花流水窅然去,
别有天地非人间。

——李白《山中问答》

在诗后面译者声明了,这首诗译得太对不起原作了。其实他应该道歉的还多着,岂只这一首吗?并且《静夜思》《玉阶怨》《秋浦歌》《赠汪伦》《山中答问》《清平调》《黄鹤楼送孟浩然之广陵》一类的绝句,恐怕不只小畑熏良先生,实在什么人译完了,都短不了要道歉的。所以要省了道歉的麻烦,这种诗还是少译的好。

玉阶生白露，夜久侵罗袜。
却下水晶帘，玲珑望秋月。

——李白《玉阶怨》

我讲到了用自由体译乐府歌行最能得到满意的结果。这个结论是看了好几种用自由体的英译本得来的。读者只要看小畑熏良先生的《蜀道难》便知道了。因为自由体和长短句的乐府歌行，在体裁上相差不远；所以在求文字的达意之外，译者还有余力可以进一步去求音节的仿佛。例如篇中几句"蜀道之难难于上青天"，是全篇音节的锁钥，是很重要的。译作"The road to Shu is more difficult to climb than to climb the steep blue heaven"两个（climb）在一句的中间作一种顿挫，正和两个难字的功效一样的；最巧的"难"同climb的声音也差不多。又如"上有六龙回日之高标；下有冲波逆折之回川"译作：

Lo, the road mark high above, where the six dragons circle the sun!
The stream far below, winding forth and winding back, breaks into foam.

太白古乐府。杳冥惝恍，纵横变幻，极才人之致，然自是太白乐府。

——王世贞《艺苑卮言》

噫吁嚱，危乎高哉！

蜀道之难，难于上青天！

蚕丛及鱼凫，开国何茫然！

尔来四万八千岁，不与秦塞（sai）通人烟。

西当太白有鸟道，可以横绝峨嵋巅。

地崩山摧壮士死，然后天梯石栈（zhan）相钩连。

——李白《蜀道难》

这里的节奏也几乎是原诗的节奏了。在字句的结构和音节的调度上，本来算韦雷（Arthur Waley）最讲究。小畑熏良先生在《蜀道难》《江上吟》《远别离》《北风行》《庐山谣》几首诗里，对于这两层也不含糊。如果小畑熏良同韦雷注重的是诗里的音乐，陆威尔（Amy Luwell）注重的便是诗里的绘画。陆威尔是一个imagist，字句的色彩当然最先引起她的注意。只可惜李太白不是一个雕琢字句、刻画词藻的诗人，跌宕的气势——排奡的音节是他的主要的特性。所以译太白与其注重词藻，不如讲究音节了。陆威尔不及小畑熏良只因为这一点；小畑熏良又似乎不及韦雷，也是因为这一点。中国的文字尤其中国诗的文字，是一种紧凑非常——紧凑到了最高限度的文字。像"鸡声茅店月，人迹板桥霜"，这种句子连个形容词动词都没有了；不用说那"尸位素餐"的前置词、连读词等等的。这种诗意的美，完全是靠"句法"表现出来的。你读这种诗仿佛是在月光底下看山水似的。一切的都幂在一层银雾里面，只有隐约的形体，没有鲜明的轮廓；你的眼睛看不准一种什么东西，但是你的想象可以告诉你无数的形体。温飞卿只把这一个一个的字排在

英译李太白诗　　147

那里，并不依着文法的规程替它们联络起来，好像新印象派的画家，把颜色一点一点的摆在布上，他的工作完了。画家让颜色和颜色自己去互相融洽，互相辉映——诗人也让字和字自己去互相融洽，互相辉映。这样得来的效力准是特别的丰富。但是这样一来中国诗更不能译了。岂只不能用英文译？你就用中国的语体文来试试，看你会不会把原诗闹得一团糟？就讲"峨眉山月半轮秋"，据小畑熏良先生的译文（参看前面），把那两个the一个is一个above去掉了，就不成英文，不去，又不是李太白的诗了。不过既要译诗，只好在不可能的范围里找出个可能来。那么唯一的办法只是能够不增减原诗的字数，便不增减，能够不移动原诗字句的次序，便不移动。小畑熏良先生关于这一点，确乎没有韦雷细心。那可要可不要的and，though，while……小畑熏良先生随便就拉来嵌在句子里了。他并且凭空加上一整句，凭空又给拉下一句。例如《乌夜啼》末尾加了一句for whom I wonder是毫无必要的。《送汪伦》中间插上一句It was you and your friends come to bid me farewell简直是画蛇添足。并且译者怎样知道给李太白送行的，不只汪伦一个人，还有"your friends"呢？李太白并没有告诉我们这一层。《经乱离后天恩流夜郎忆旧游书怀赠江夏韦太守良宰》里有两句"江带峨眉雪，川横三峡流"，他只译作And lo, the river swelling with the tides of Three Canyons.试问"江带峨眉雪"的"江"字底下的四个字，怎么能删得掉呢？同一首诗里，他还把"君登凤池去，勿弃贾生才"十个字整个儿给拉下来了。这十个字是一个独立的意思，没有同上下文重复。我想定不是译者存心删去的，不过一时眼花了，给看漏了罢了（这是集中最长的一首诗；诗长了，看漏两句准是可能的事）。可惜的只是这两句实在是太白作这一首诗的动机。太白这时贬居在夜郎，正在想法子求人援助。这回他又请求韦太守"勿弃贾生才。"小畑熏良先生偏把他的真正意思给漏掉了；我怕太白知道了，许有点不愿意罢？

> 木兰之木世沙棠舟，玉箫金管坐两头。
> 美酒樽中置千斛，载妓随波任去留。
> 仙人有待乘黄鹤，海客无心随白鸥。
> 屈平词赋悬日月，楚王台榭空山丘。
> 兴酣落笔摇五岳，诗成笑傲凌沧洲。
> 功名富贵若长在，汉水亦应西北流。
>
> ——李白《江上吟》

译者还有一个地方太滥用他的自由了。一首绝句的要害就在三、四两句。对于这两句，译者应当格外小心，不要损伤了原作的意味。但是小畑熏良先生常常把它们的次序颠倒过来了。结果，不用说了，英文也许很流利，但是李太白又给挤掉了。谈到这里，我觉得小畑熏良先生的毛病，恐怕根本就在太用心写英文了。死气板脸的把英文写得和英美人写的一样，到头读者也只看见英文，看不见别的了。

> 五七言绝句，李青莲、王龙标最称擅场，为有唐绝唱。少陵虽工力悉敌，风韵殊不逮也。
>
> ——王世贞《艺苑卮言》

  五言绝句，惟太白擅场。杜子美诗曰："李侯有佳句，往往似阴铿。"阴工此体，子美之称太白者在是。

——徐而菴《说唐诗》

  虽然小畑熏良先生这一本译诗，看来是一件很细心的工作，但是荒谬的错误依然不少。现在只稍微举几个例子。"石径"决不当译作stony wall，"章台走马着金鞭"的"着"决不当译作lightly carried，"风流"决不能译作wind and stream，"燕山雪花大如席"的"席"也决不能译作pillow，"青春几何时"怎能译作Green Spring and what time呢？扬州的"扬"从"手"，不是杨柳的"杨"，但是他把扬州译成了willow valley。《月下独酌》里"圣贤既已饮"译作Both the sages and the wise were drunker，错了。应该依韦雷的译法——of saint and sage I have long quaffed deep，才对了。考证不正确的例子也有几个。"借问卢耽鹤"卢是姓，耽是名字，译者把"耽鹤"两个字当作名字了。紫微本是星的名字。紫微宫就是未央宫，不能译为imperial palace of purple。郁金本是一种草，用郁金的汁水酿成的酒名郁金香。所以"兰陵美酒郁金香"译作The delicious wine of Lanling is of golden hue and flavorous，也不妥当。但是，最大的笑话恐怕是《白纻辞》了。这个错儿同Ezra Pound的错儿差不多。Pound把两首诗抟作一首，把第二首的题目也给抟到正文里去了。小畑熏良先生把第二首诗的第一句割了来，硬接在第一首的尾巴上。

  昔在长安醉花柳，五侯七贵同杯酒。

气岸遥临豪士前，风流肯落他人后。
夫子红颜我少年，章台走马著金鞭。
文章献纳麒麟殿，歌舞淹留玳瑁筵。

——李白《流夜郎赠辛判官》

我虽然把小畑熏良先生的错儿整套的都给搬出来了，但是我希望读者不要误会我只看见小畑熏良先生的错处，不看见他的好处。开章明义我就讲了这本翻译大体上看来是一件很精密，很有价值的工作。一件翻译的作品，也许旁人都以为很好，可是叫原著的作者看了，准是不满意的，叫作者本国的人看了，满意的许有，但是一定不多。Fitzgerald译的Rubaiyat在英文读者的眼里，不成问题，是译品中的杰作，如果让一个波斯人看了，也许就要摇头了。再要让莪默自己看了，定要跳起来嚷道："牛头不对马嘴！"但是翻译当然不是为原著的作者看的，也不是为懂原著的人看的，翻译毕竟是翻译，同原著当然是没有比较的。一件译品要在懂原著的人面前讨好，是不可能的，也是没有必要的。假使小畑熏良先生的这一个译本放在我眼前，我马上就看出了这许多的破绽来，那我不过是同一般懂原文的人一样的不近人情。我盼望读者——特别是英文读者不要上了我的当。

兰陵美酒郁金香，玉碗盛来琥珀光。
但使主人能醉客，不知何处是他乡。

——李白《客中作》

翻译中国诗在西方是一件新的工作（最早的英译在一八八八年），用自由体译中国诗，年代尤其晚。据我所知道的小畑熏良先生是第四个人用自由体译中国诗。所以这种工作还在尝试期中。在尝试期中，我们不应当期望绝对的成功，只能讲相对的满意。可惜限于篇幅，我不能把韦雷、陆威尔的译本录一点下来，同小畑熏良先生的作一个比较。因为要这样我们才能知道小畑熏良先生的翻译同陆威尔比，要高明得多，同韦雷比，超过这位英国人的地方也不少。这样讲来，小畑熏良先生译的《李白诗集》在同类性质的译本里，所占的位置很高了。再想起他是从第一种外国文字译到第二种外国文字，那么他的成绩更有叫人钦佩的价值了。

李白诗祖《风》《骚》，宗汉、魏，下至鲍照、徐、庾，亦时用元。善掉弄，造出奇怪，警动心目，忽然撇出，妙入无声，其诗家之仙者乎！

——陈绎曾《诗谱》

原载《北平晨报》副刊，（民国）十五年（1926）六月三日

附 闻一多诗论四篇

歌与诗

一

想象原始人最初因情感的激荡而发出有如"啊"、"哦"、"唉"或"呜呼"、"噫嘻"一类的声音，那便是音乐的萌芽，也是孕而未化的语言。声音可以拉得很长，在声调上也有相当的变化，所以是音乐的萌芽。那不是一个词句，甚至不是一个字，然而代表一种颇复杂的含义，所以是孕而未化的语言。这样界乎音乐与语言之间的一声"啊……"便是歌的起源。不错。"歌"就是"啊"，二者皆从可陪声，古音大概是没有分别的。在后世的歌词中有时又写作"猗"。

断断猗无他技！

——《书·秦誓》

河水清且涟猗！

——《诗·伐檀》

而已反其真而我犹为人猗！

——《庄子·大宗师篇》载孟子反子琴张相和歌

候人兮猗！（《吕氏春秋·音初篇》载涂山氏妾歌）或作"我"，有酒我！无酒酤我！坎坎鼓我！蹲蹲舞我！

——《诗·伐木》

乌生八九子，端座秦氏桂树间。我！秦氏有游遨荡子，工用睢阳强（弓），苏合弹，左手持强（弓）弹两丸，出入乌东西。我！一丸即发中乌身，乌死魂魄飞扬上天……

——《乐府古辞·乌生》

什九则作"兮"，古书往往用"猗"或"我"代替兮字，可知三字声音原来相同，其实只是啊的若干不同的写法而已。至于由啊又辗转变为其他较远的语音，又可写作各样不同的字体，这里不能，也不必一一举例。总之，严格的讲，只有带这类感叹虚字的句子，及由同样的句子组成的篇章，才合乎最原始的歌的性质，因为，按句法发展的程序说，带感叹字的句子，应当是由那感叹字滋长出来的。借最习见的兮字句为例，在纯粹理论上，我们必须说最初是一个感叹字"兮"，然后在前面加上实字，由加一字如《诗

附　闻一多诗论四篇　155

经》"子兮子兮","萚兮萚",递增至大概最多不过十字,如《说苑》所载柳下惠妻《诔柳下惠辞》"夫子之信成而与人无害兮"(感叹字在句首或句中者,可以类推)。为什么我们必须这样说呢?因为实字之增加是歌者对于情绪的自觉之表现。感叹字是情绪的发泄,实字是情绪的形容、分析与解释。前者是冲动的,后者是理智的。由冲动的发泄情绪,到理智的形容、分析、解释情绪,歌者是由主观转入了客观的地位。辨明了感叹字与实字主客的地位,二者的产生谁先谁后,便不言而喻了。在感叹字上加实字,歌者等于替自己当翻译,译辞当然不能在原辞之前。感叹字本只有声而无字,所以是音乐的,实字则是已成形的语言,因此我们又可以说,感叹字是伯牙的琴声,实字乃钟子期讲的"志在高山","志在流水"。自然伯牙不鼓琴,钟子期也就没有这两句话了。感叹字必须发生在实字之前,如此的明显,后人乃称歌中最主要的感叹字"兮"为语助、语尾,真是车子放在马前面了。

　　但后人这种误会,也不是没有理由的。在后世歌辞里,感叹字确乎失去了它固有的重要性,而变成仅仅一个虚字而已。人究竟是个社会动物,发泄情绪的目的,至少一半是要给人知道,以图兑换一点同情。这一来,歌中的实字便不可少了,因为情绪全靠它传递给对方。实字用得愈多,愈精巧,情绪的传递愈有效,原来那声"啊……"便显着不重要,而渐渐退居附庸地位(如后世一般歌中的"兮"字),甚至用文字写定时,还可以完全省去。《九歌·山鬼》,据《宋书·乐志》所载当时乐工的底本,便把兮字都删去了。《史记·乐书》所载《天马歌》二章皆有兮字,《汉书·礼乐志》便没有了。这些都是具体的例证。然而兮字的省去,究竟是一个损失。

若有人兮山之阿，初薜荔兮带女萝。

试把兮字省去，再读读看，还是味儿吗？对了，损失了的正是歌的意味儿。你说那不过是声调的关系，意义并未变更。但是你要知道，特别是在歌里，"意味"比"意义"要紧得多，而意味正是寄托在声调里的。最有趣的例是梁鸿的《五噫》：

陟彼北芒兮，噫！顾瞻帝京兮，噫！宫阙崔嵬兮，噫！人之劬劳兮，噫！辽辽未央兮，噫！

作者本意是要这些兮字重新担起那原始时期的重要职责，无奈在当时的习惯中，兮字已无这能力了，不得已，这才在"兮"下又补上一个"噫"以为之辅佐，使它在沾染作用中，更能充分地发挥它固有的力量。因此，为体贴作者这番用意，我们不妨把"兮噫"二字索性捆紧些当做一个单元，而以如下的方式读这首歌：

陟彼北芒（兮……噫……）顾瞻帝京（兮……噫……）……

记住"兮"即"啊"的后身，那么"兮噫"的音值便可拟作"O……O……"了。这一来，歌的面目便十足地显露出来了。此刻若再把"兮噫"去掉，让它成了一首四言诗，那与原来的意味相差该多么远！

以上我们反复地说明了感叹字确乎是歌的核心与原动力，而感叹字本身则是情绪的发泄，那么歌的本质是抒情的，也就是必然的结论了。

二

至于"诗"字最初在古人的观念中，却离现在的意义太远了。汉朝人每训诗为志：

诗之为言志也。

——《诗谱序》疏引《春秋说题词》

诗之言志也。

——《洪范·五行传》郑《注》

诗志也。

——《吕氏春秋·慎大览》高《注》《楚辞·悲回风》王《注》《说文》

从下文种种方面，我们可以证明志与诗原来是一个字。志有三个意义：一记忆，二记录，三怀抱。这三个意义正代表诗的发展途径上三个主要阶段。

志字从。卜辞作，从止下一，像人足停止在地上，所以本训停止。卜辞"其雨庚"犹言"将雨，至庚日而止"。志从从心，本义是停止在心上。停在心上亦可说是藏在心里，故《荀子·解蔽篇》曰"志也者臧（藏）也"，《注》曰"在心为志"，正谓藏在心，《诗序》疏曰"蕴藏在心谓之为志"，最为确诂。藏在心即记忆，故志又训记。《礼记·哀公问篇》"子志之心也"，犹言记在心上，《国语·楚语》上"闻一二之言，必诵志而纳之，以训导我"，谓背诵之记忆之以纳于我也。《楚语》以"诵志"二字连言尤可注意，因为诗字训志最初正指记诵而言。诗之产生本在有文字以前，当时专凭记忆以口耳相传。诗之有韵及整齐的句法，不都是为着便于记诵吗？所以诗有时又称诵。这样说来，最古的诗实相当于后世的歌诀，如《百家姓》《四言杂字》之类。就"三百篇"论，《七月》（一篇韵语的《夏小正》或《月令》）大致还可以代表这阶段，虽则它的产生决不能早到一个太辽远的时期。

无文字时专凭记忆，文字产生以后，则用文字记载以代记忆，故记忆之记又孳乳为记载之记。记忆谓之志，记载亦谓之志。古时几乎一切文字记载皆曰志。

1. 《左传·文二年》："《周志》有之，'勇则害上，不登于明堂。'"《注》："《周志》，《周书》也。"案二语见《逸周书·大匡》篇。

2. 《襄二十五年》："志有之，'言以足志，文以足言'。"《注》："志，古书也。"

3. 《襄三十年》："《仲虺之志》云：'乱者取之，亡者侮之。'"案即《仲虺之诰》，此真古文《尚书》的佚文。

4. 《国语·晋语》四："礼志有之曰：'将有请于人，必先有人焉。'"

5. 同上："夫先王之法志，德义之府也。"《注》："志，记也。"案《左传·僖二十七年》作"《诗》《书》，义之府也"，是所谓法志者即《诗》《书》。

6. 《晋语》六："夫成子导前志以左先君，导法而卒以政，可不谓文乎？"《注》："志，记也。"

7. 《晋语》九："志有之曰：'高山峻原，不生草木，松柏之地，其土不肥。'"《注》同。

8. 《楚语》上："教之故志，使知废兴者而戒惧焉。"《注》："故志谓所记前世成败之书。"

9. 《周礼·小吏》："掌邦国之志。"司农《注》："志谓记也，《春秋》所谓《周志》，《国语》所谓《郑书》之属也。"

10. 同上《外史》："掌四方之志。"郑《注》："志，记也，谓若鲁之《春秋》，晋之《乘》，楚之《梼杌》。"

11. 《孟子·滕文公上篇》："且志曰：'丧祭从先祖。'"赵《注》："志，记也。"

12. 又《下篇》："且志曰：'枉尺而直寻，宜若可为也。'"《注》同。

13. 《荀子·大略篇》："《聘礼志》曰：'币厚则伤德，财侈则殄礼。'"

14. 《吕氏春秋·贵当篇》："志曰：'骄惑之事，不亡奚待？'"《注》："志，古记也。"

一切记载既皆谓之志，而韵文产生又必早于散文，那么最初的志（记载）就没有不是诗（韵语）的了。上揭第1和第14二例所引的"志"正是韵语，而现在的先秦古籍中韵语的成分还不少，这些都保存着记载的较古的状态。承认初期的记载必须是韵语的，便承认了诗训志的第二个古义必须是"记载"。《管子·山权数篇》"诗所以记物也"，正谓记载事物，《贾子·道德说篇》"诗者志德之理而明其指，令人缘之以自戒也"，志德之理亦即记德之理。前者说记物，后者说记理，所记之对象虽不同，但说诗的任务是记载却是相同的，可见诗字较古的含义，直至汉初还未被忘掉。

上文我们说过"歌"的本质是抒情的，现在我们说"诗"的本质是记事的，诗与歌根本不同之点，这来就完全明白了。再进一步的揭露二者之间的对垒性，我们还可以这样说：古代歌所据有的是后世所谓诗的范围，而古代诗所管领的乃是后世史的疆域。要测验上面这看法的正确性，我们只将上揭各古书称志的例子分析一下就思过半了。除一部分性质未详外，那些例子可依《六经》的类目分为（一）《书》类，1、3、5、6、8属之；（二）《礼》类，4、10、13属之；（三）《春秋》类，9、10属之。有《书》、有《春秋》、有《礼》，三者皆称志，岂不与后世史部的书称志正合？然而古书又有称《诗》为志的。《左传·昭十六年》载郑六卿饯宣子于郊，子齹赋《野有蔓草》，子产赋《郑》之《羔裘》，子大叔赋《褰裳》，子游赋《风雨》，子旗赋《有女同车》，子柳赋《萚兮》。宣子喜曰："郑其庶乎！二三君子以君命贶起，赋不出《郑志》，皆昵燕好也。"六卿所赋皆《郑风》，而宣子说是"赋不出《郑志》"，可知《郑志》即《郑诗》。属于史类的《书》（古代史）、《春秋》（当代史）、《礼》（礼俗史）称志，《诗》亦称志,这是什么缘故?原来《诗》本是记事的,也是一种史。在散文产生之后,它与那三种仅在体裁上有有韵与无韵之分,在散文未产生之前,连这点分别也没有。诗即史,所以孟子说:

王者之迹熄而《诗》亡,《诗》亡然后《春秋》作。晋之《乘》、楚之《梼杌》、鲁之《春秋》,一也,其事则齐桓晋文,其文则史。

——《离娄·下篇》

《春秋》何以能代《诗》而兴?因为《诗》也是一种《春秋》。他又说:

诵其诗,读其书,不知其人,可乎?是以论其世也。

——《万章·下篇》

一壁以诗书并称,一壁又说必须知人论世,孟子对于诗的观念是雪亮的。在这点上,《诗大序》与孟子的话同等重要:

至于王道衰,礼义废,政教失,国异政,家殊俗,而《变风》《变雅》作矣。国史明乎得失之迹,伤人伦之废,哀刑政之苛,吟咏性情,以风其上,达于事变,而怀其旧俗者也。

诗即史,当然史官也就是"诗人"。但《序》意以为《风》《雅》是史官所作,则不尽然。初期的雅,尤其是《大雅》中如

《绵》《皇矣》《生民》《公刘》等是史官的手笔,是无疑问的,《风》则仍当出自民间。不过《序》指出了诗与国史这层关系,不能不说是很重要的一段文献。如今再回去看《诗序》好牵合《春秋》时的史迹来解释《国风》,其说虽什九不可信,但那种以史读诗的观点,确乎是有着一段历史背景的。最后从史学的一分较冷僻的训诂中,也可以窥出诗与史的渊源来。

文胜质则史。

——《论语·雍也篇》

辞多则史。

——《义礼·聘礼记》

捷敏辩给,繁于文采,则见以为史。

——《韩非子·难言篇》

米监博辩,则以为多而史之。

——同上《说难篇》

"繁于文采",正是诗的荣誉,这里却算作史的罪名,这又分明坐实了诗史之间不可分离的关系。

三

　　社会日趋复杂，为配合新的环境，人们在许多使用文字的途径上，不得不舍弃以往那"繁于文采"的诗的形式而力求经济，于是散文应运而生。史的记载不见得是首先放弃那旧日的奢侈固习的，但它终于放弃了。大概就在这时，志诗二字的用途才分家。一方面有旧式的韵文史，一方面又有新兴的散文史，名称随形式的繁衍而分化，习惯便派定韵文史为"诗"，散文史为"志"了。此后，二字混用通用的现象不是没有，但那只算得暂时的权变和意外的出轨。

　　你满以为散文进一步，韵文便退一步，直至有如今日的局面，"记事"几乎完全是散文一家独有的山河，韵文（如一切歌诀式的韵语）则蜷伏在一个不重要的角落里，苟延着残喘，于是你惊讶前者的强大，而惋惜后者的式微。你这兴衰之感是不必要的。韵文并非式微，它是迁移到另一地带去了。它与歌有一段宿诺。在记事的课题上，他打头就不感真实兴趣，所以时盼着散文的来到，以便卸下这份责任，去与歌合作，现在正好如愿以偿了。所以《孟子》"《诗》亡然后《春秋》作"之亡，若解作逃亡之亡，或许与事实更相符合点。

　　诗与歌合流真是一件大事，它的结果乃是"三百篇"的诞生。一部最脍炙人口的《国风》与《小雅》，也是"三百篇"的最精彩部分，便是诗歌合作中最美满的成绩。一种如《氓》《谷风》

等，以一个故事为蓝本，叙述也多少保存着故事的时间连续性，可说是史传的手法，一种如《斯干》《小戎》《大田》《无羊》等，平面式的纪物，与《顾命》《考工记》《内则》等性质相近，这些都是"诗"从它老家（史）带来的贡献。然而很明显的上述各诗并非史传或史志，因为其中的"事"是经过"情"的泡制然后再写下来的。这情的部分便是"歌"的贡献。由《击鼓》《绿衣》以至《蒹葭》《月出》，是"事"的色彩由显而隐，"情"的韵味由短而长，那正象征着歌的成分在比例上的递增。再进一步，"情"的成分愈加膨胀，而"事"则暗淡到不合再称为"事"，只可称为"境"，那便到达"十九首"以后的阶段，而不足以代表"三百篇"了。同样，在相反的方向，《孔雀东南飞》也与"三百篇"不同，因为这里只忙着讲故事，是又回到前面诗的第二阶段去了，全不像"三百篇"主要作品之"事""情"配合得恰到好处。总之，歌诗的平等合作，"情""事"的平均发展是诗第三阶段的进展，也正是"三百篇"的特质。

  诗与歌合流之后，诗的内容又变了一次，于是诗训志的第三种解释便可以应用了。上文说志的本义是"停止在心上"，也可说是"蕴藏在心里"，记忆一义便是由这里生出的。但是情思、感想、怀念、欲慕等等心理状态，何尝不是"停在心上"或"藏在心里"？这些在名词上五花八门，实际并无确定界限的心理状态，现在看来，似乎应该统名之为陆机《文赋》所谓"诗缘情而绮靡"之情，古人则名之为意。《书·尧典》"诗言志"、《史记·五帝本纪》志作意，《汉书·司马迁传》引董仲舒曰"诗以达意"。郑康成注《尧典》"诗言志，歌永言"，亦曰"诗所以言人之志意也，永长也，歌又所以长言诗之意"。诗训志，志又训意，故《广雅·释言》曰"诗，意也"。"诗言志"的定义，无论以志为意或为情，这观念只有歌与诗合流才能产生。

但是这样一个观点究竟失之偏宕，至少是欠完备。因为这里所谓诗当然指"三百篇"，而"三百篇"时代的诗，依上文的分析，是志（情）事并重的，所以定义必须是"于记事中言志"或"记事以言志"方才算得完整。看《庄子·天下篇》"《诗》以道志，《书》以道事"及《荀子·儒效篇》"《诗》言是其志也，《书》言是其事也"，都把事完全排出诗外，可知他们所谓志确是与"事"脱节了的志。诗后来专在"十九首"式的"羌无故实"空空洞洞的抒情诗道上发展，而叙事诗几乎完全绝迹了，这定义恐怕不能不负一部分责任。

在上文我们大体上是凭着一两字的训诂，试测了一次"三百篇"以前诗歌发展的大势，我们知道"三百篇"有两个源头，一是歌，一是诗，而当时所谓诗在本质上乃是史。最后这一点特别值得注意。知道诗当初即是史，那恼人的问题"我们原来是否也有史诗"也许就有解决的希望。这是很好的消息，我们下次就该讨论这问题了。

1939年6月1日

诗与批评

什么是诗呢？我们谁能大胆地说出什么是诗呢？我们谁能大胆地决定什么是诗呢？不能！有多少人是曾经对于诗发表过意见，但那意见不一定是合理的，不一定是真理；那是一种个人的偏见，因为是偏见，所以不一定是对的。但是，我们怎样决定诗是什么呢？我以为，来测度诗的不是偏见，应该是批评。

对于"什么是诗"的问题，有两种对立的主张：

有一种人以为："诗是不负责的宣传。"

另一种人以为："诗是美的语言。"

我们念了一篇诗，一定不会是白念的，只要是好诗，我们念过之后就受了他的影响：诗人在作品中对于人生的看法影响我们，对于人生的态度影响我们，我们就是接受了他的宣传。诗人用了文字的魔力来征服他的读者，先用了这种文字的魅力使读者自然地沉醉，自然地受了催眠，然后便自自然然的接受了诗人的意见，接受他的宣传。这个宣传是有如何的效果呢？诗人不问这个，因为他的宣传是不负责的宣传。诗人在作品中所表示的意见是可靠的吗？这是不一定的，诗人有他自己的偏见，偏见不一定是对的。好些人把诗人比做疯子，疯人的意见怎么是真理呢？实在，好些诗人写下了他的诗篇，他并不想到有什么效果，他并不为了效果而写诗，他并不为了宣传而写诗，他是为诗而写诗的；因之，他的诗就是一种不负责的东西了，不负责的东西是好的吗？这是一个很重要的问题，所以，第一种主张，就侧重在这种宣传的效果方面，我想这是一种对于诗的价值论者。

好些人念一篇诗时是不理会他的价值的，他只吟味于词句的安排，惊喜于韵律的美妙：完全折服于文字与技巧中。这种人往往以为他的态度仅止于欣赏，仅止于享受而已。他是为念诗而念诗。其实这是不可能的事，在文字与技巧的魅力上，你并不只享受于那分艺术的功力，你会被征服于不知不觉中，你会不知不觉的为诗人所影响，所迷惑。对于这种不顾价值，而只求感受舒适的人，我想他们是对于诗的效率论者。

这两种态度都是不对的。因为单独的价值论或是效率论都不是真理。我以为，从批评诗的正确的态度上说，是应该二者兼顾的。

柏拉图在他的《理想国》中赶走了诗人，因为他不满意诗人。他是一个极端的价值论者，他不满意于诗人的不负责的宣传。一篇诗作是以如何残忍的方式去征服一个读者。诗篇先以美的颜面去迷惑了一个读者，叫他沉迷于字面，音韵，旋律，叫他为这些奉献了自己，然而又以诗人的偏见深深烙印在读者的灵魂与感情上，然而这是一个如何的烙印——不负责的宣传已是诗的最大罪名了，我们很难有法子让诗人对于他的宣传负责，（诗人是否能负责又是一个问题。)这样一来,为了防范这种不负责的宣传,我们是不是可以不要诗了呢?不行,我们觉得诗是非要不可,诗非存在不可的。既然这样,所以我们要求诗是"负责的宣传"。我们要求诗人对他的作品负责,但这也许是不容易的事,因之,我们想得用一点外力,我们以社会使诗人负责。

负责的问题成为最重要的了,我们为了诗的光荣存在而辩护,所以不能不要求诗的宣传是负责的,是有利益于社会的。我们想,若是要知道这宣传是否负责而用新闻检查的方式,实在是可笑的,我们不能用检查去了解,我们要用批评去了解;目前的诗著作是可用检查的方式限制的,但这限制对于古人是无用的,而且事实上有谁会想出这种类似焚书坑儒的事来折磨我们的诗人呢?我想应该不会,在苏联和别的国家也许用一种方法叫诗人负责,方法很简单,就是,拉着诗人的鼻子走,如同牵牛一样,政府派诗人做负责的诗,一个纪念,叫诗人做诗,一个建筑落成,叫诗人做诗,这样,好些诗是写出来了,但结果,在这种方式下产生出来的作品,只是宣传品而不是诗了,既不是诗,宣传的力量也就小了或甚至没有了,最后,这些东西既不是诗,也不是宣传品,则什么都不是了,我们知道马也可夫斯基写过诗,也写过宣传品,后来他自杀了,谁知道他为什么自杀呢?所以我想,拉着诗人的鼻子走的方式并不是好的方式。

政府是可以指导思想的。但叫诗人负责,这不是诗人做得到的,上边我说,我们需要一点外力,这外力不是发自政府,而是发自社会,我觉得去测度诗的是否为负责的宣传的任务不是检查所的先生完成得了的,这个任务,应该交给批评家。

每个诗人都有他独特的性格，作风，意见和态度，这些东西会表现在作品里。一个读者要单选上一个诗人的东西读，也许不是有益而是有害的，因为我们无法担保这个诗人是完全对的，我们一定要受他的影响，若他的东西有了毒，是则我们就中毒了。鸡蛋是一种良好的食品，既滋补而又可口，但据说吃多了是有毒的，所以我们不能天天只吃鸡蛋，我们要吃别的东西。读诗也一样，我觉得无妨多读，从庞乱中，可以提取养料来补自己，我们可以读李白，杜甫，陶潜，李商隐，莎士比亚，但丁，雪莱，甚至其他的一切诗人的东西，好些作品混在一起，有毒的部分抵消了，留下滋养的成分；不负责的部分没有了，留下负责的成分。因为，我们知道凡是能够永远流传下去的东西，差不多可以说是好的，时间和读者会无情的淘汰坏的作品。我以为我们可以有一个可靠的选本，这位批评家应该懂得人生，懂得诗，懂得什么是效率，懂得什么是价值的这样一个人。

我以为诗是应该自由发展的。什么形式什么内容的诗我们都要。我们设想我们的选本是一个治病的药方，那末里面可以有李白，杜甫，陶渊明，苏东坡，歌德，济慈，莎士比亚；我们可以假想李白是一味大黄吧，陶渊明是一味甘草吧，他们都有用，我们只要适当的配合起来，这个药方是可以治病的。所以，我们与其去管诗人，叫他负责，我们不如好好的找到一个批评家，批评家不单给我们以好诗，而且可以给社会以好诗。

历史是循环的，所以我现在想提到历史来帮助我们了解我们的时代，了解时代赋予诗的意义，了解我们批评的态度。封建的时代我们看得出只有社会，没有个人，《诗经》给他们一个证明。《诗经》的时代过去了，个人从社会里边站出来，于是我们发觉《古诗十九首》实在比《诗经》可爱，《楚辞》实在比《诗经》可爱。因为我们自己现在是个人主义社会里的一员，我们所以喜爱那个人的表现，我们因之觉得《古诗十九首》比《诗经》对我们亲切。《诗经》的时代过去了之后，个人主义社会的趋势已经非常明显了。而且实实在在就果然进到了个人主义社会。这时候只有个人，没有社会。个人是鸩沉于自己的享乐，忘记社会，个人是觅求"效率"以增加自己愉悦的感受，忘记自己以外的人群。陶渊明时代有多少人过极端苦闷的日子，但他不管，他为他自己写下闲逸的诗篇。谢灵运一样忘记社会，为自己的愉悦而玩弄文字——当我们想到那时别人的苦难，想着那幅流民图，我们实实在在觉得陶渊明与谢灵运之流是多么无心肝，多么该死——这是个人主义发展到极端了，到了极端，即是宣布了个人主义的崩溃，灭亡。杜甫出来了，他的笔触到广大的社会与人群，他为了这个社会与人群而共同欢乐，共同悲苦，他为社会与人群而振呼。杜甫之后有了白居易，白居易不单是把笔濡染着社会，而且他为当前的事物提出他的主张与见解。诗人从个人的圈子走出来，从小我而走向大我，《诗经》时代只有社会，没有个人，再进而只有个人没有社会，进到这时候，已经是成为了个人社会（Individual Society）了。

到这里，我应提出我是重视诗的社会的价值了。我以为不久的将来，我们的社会一定会发展成为Society of Individual, Individual for Society（社会属于个人，个人为了社会）的，诗是与时代共同呼吸的，所以，我们时代不单要用效率论来批评诗，而更重要的是以价值论诗了，因为加在我们身上的将是一个新时代。

诗是要对社会负责了，所以我们需要批评。《诗经》时代何以没有批评呢？因为，那些作品都是负责的，那些作品没有"效率"，但有"价值"，而且全是"教育的价值"，所以不用批评了（自然，一篇实在没有价值的东西也可以说得出价值来的，对这事我们可以不必论及了）。个人主义时代也不要批评，因为诗就是给自己享受享受而已，反正大家标准一样，批评是多余的；那时候不论价值，因为效率就是价值（诗话一类的书就只在谈效率，全不能算是批评）。但今天，我们需要批评，而且需要正确而健康的批评。

春秋时代是一个相当美的时代，那时候政治上保持一种均势。孔子删诗，孔子对于诗作过最好的，最合理的批评。在《左传》上关于诗的批评我认为是对的，孔子注重诗的社会价值。自然，正确的批评是应该兼顾到效率与价值的。

从目前的情形看，一般都只讲求效率了，而忽视了价值，所以我要大声疾呼请大家留心价值。有人以为着重价值就会忽略了效率，就会抹煞了效率。我以为不会。这种担心是多余的。我们不要以为效率会被抹煞，只要看看普遍的情形。我们不是还叫读诗叫欣赏诗吗？我们不是还很重视于字句声律这些东西吗？社会价值是重要的，我们要诗成为"负责的宣传"，就非得着重价值不可，因为价值实在是被"忽视"了。

诗是社会的产物，若不是于社会有用的工具，社会是不要他的。诗人掘发出了这原料，让批评家把他做成工具，交给社会广大的人群去消化。所以原料是不怕多的，我们什么诗人都要，什么样的诗都要，只要制造工具的人技术高，技术精。

我以为诗人有等级的，我们假设说如同别的东西一样分做一等二等三等，那么杜甫应该是一等的，因为他的诗博，大，有人说黄山谷，韩昌黎，李义山等都是从杜甫来的，那么杜甫是包罗了这么多"资源"，而这些资源大部是优良的美好的，你只念杜甫，你不会中毒，你只念李义山就糟了，你会中毒的，所以李义山只是二等诗人了。陶渊明的诗是美的，我以为他诗里的资源是类乎珍宝一样的东西，美丽而没有用，是则陶渊明应列在杜甫之下。

所以，我们需要懂得人生，懂得诗，懂得什么是效率，懂得什么是价值的批评家为我们制造工具，编制选本，但是，谁是批评家呢？我不知道。

诗的格律

一

假定"游戏本能说"能够充分的解释艺术的起源,我们尽可以拿下棋来比作诗;棋不能废除规矩,诗也就不能废除格律。(格律在这里是 form 的意思。"格律"两个字最近含着一点坏的意思,但是直译 form 为形体或格式也不妥当。并且我们若是想起 form 和节奏是一种东西,便觉得 forn 译作格律是没有什么不妥的了。)假如你拿起棋子来乱摆布一气,完全不依据下棋的规矩进行,看你能不能得到什么趣味?游戏的趣味是要在一种规定的格律之内出奇制胜,作诗的趣味也是一样的。假如诗可以不要格律,作诗岂不比下棋,打球,打麻将还容易些吗?难怪这年头儿的新诗"比雨后的春笋多些"。我知道这些话准有人不愿意听,但是 Bliss Perry 教授的话来得更古板。他说"差不多没有诗人承认他们真正给格律缚束住了。他们乐意戴着脚镣跳舞,并且要戴别个诗人的脚镣"。

这一段话传出来,我又断定许多人会跳起来,喊着"就算它是诗,我不作了行不行"？老实说,我个人的意思以为这种人就不作诗也可以,反正他不打算来戴脚镣,他的诗也就作不到怎样高明的地方。杜工部有一句经验语很值得我们揣摩的,"老去渐于诗律细"。

诗国里的革命家喊道"皈返自然"！其实他们要知道自然界的格律,虽然有些像蛛丝马迹,但是依然可以找得出来。不过自然界的格律不圆满的时候多,所以必须艺术来补充它。这样讲来,绝对的写实主义便是艺术的破产。"自然的终点便是艺术的起点",王尔德说得很对。自然并不尽是美的。自然中有美的时候,是自然类似艺术的时候。最好拿造型艺术来证明这一点。我们常常称赞美的山水,讲它可以入画。的确中国人认为美的山水,是以像不像中国的山水画做标准的。欧洲文艺复兴以前所认为女性的美,从当时的绘画里可以证明,同现代女性美的观念完全不合；但是现代的观念不同希腊的雕像所表现的女性美相符了。这是因为希腊雕像的出土,促成了文艺复兴,文艺复兴以来,艺术描写美人,都拿希腊的雕像做蓝本,因此便改造了欧洲人的女性美的观念。我在赵瓯北的一首诗里发现了同类的见解。

> 绝似盆池聚碧屏,嵌空石笋满江湾。
> 画工也爱翻新样,反把真山学假山。

这径直是讲自然在模仿艺术了。自然界当然不是绝对没有美的，自然界里面也可以发现出美来，不过那是偶然的事。偶然在言语里发现一点类似诗的节奏，便说言语就是诗，便要打破诗的音节，要它变得和言语一样——这真是诗的自杀政策了。（注意我并不反对用土白作诗，我并且相信土白是我们新诗的领域里，一块非常肥沃的土壤，理由等将来再仔细的讨论。我们现在要注意的只是土白可以"作"诗，这"作"字便说明了土白需要一番锻炼选择的工作然后才能成诗。）诗的所以能激发情感，完全在它的节奏；节奏便是格律。莎士比亚的诗剧里往往遇见情绪紧张到万分的时候，便用韵语来措写。歌德作《浮士德》也曾用同类的手段，在他致席勒的信里并且提到了这一层。韩昌黎"得窄韵则不复傍出，而因难见巧，愈险愈奇……"这样看来，恐怕越有魄力的作家，越是要戴着脚镣跳舞才跳得痛快，跳得好。只有不会跳舞的才怪脚镣碍事，只有不会作诗的才感觉得格律的缚束。对于不会作诗的，格律是表现的障碍物；对于一个作家，格律便成了表现的利器。

又有一种打着浪漫主义的旗帜来向格律下攻击令的人。对于这种人，我只要告诉他们一件事实。如果他们要像现在这样的讲什么浪漫主义，就等于承认他们没有创造文艺的诚意。因为，照他们的成绩看来，他们压根儿就没有注重到文艺的本身，他们的目的只在披露他们自己的原形。顾影自怜的青年们一个个都以为自身的人格是再美没有的，只要把这个赤裸裸的和盘托出，便是艺术的大成功了。你没有听见他们天天唱道"自我的表现"吗？他们确乎只认识了文艺的原料，没有认识那将原料变成文艺所必需的工具。他们用了文字做表现的工具，不过是偶然的事，他们最称心的工作是把所谓"自我"披露出来，是让世界知道"我"也是一个多才多艺、善病工愁的少年；并且在文艺的镜子里照见自己那倜傥的风姿，还带着几滴多情的眼泪，啊，啊，那是多么有趣的事！多么浪漫！不错，他们所谓的浪漫主义，正浪漫在这点上，和文艺的派别决不发生关系。这种人的目的既不在文艺，当然要他们遵从诗的格律来作诗，是绝对办不到的；因为有了格律的范围，他们的诗就根本写不出来了，那岂不失了他们那"风流自赏"的本旨吗？所以严格一点讲起来，这一种伪浪漫派的作品，当它做把戏看可以，当它做西洋镜看也可以，但是万不可当它做诗看。格律不格律，因此就谈不上了。让他们来反对格律，也就没有辩驳的价值了。

上面已经讲了格律就是 form。试问取消了 form，还有没有艺术？上面又讲到格律就是节奏，讲到这一层更可以明了格律的重要；因为世上只有节奏比较简单的散文，决不能有没有节奏的诗。本来诗一向就没有脱离过格律或节奏。这是没有人怀疑过的天经地义。如今却什么天经地义也得有证明才能成立，是不是？但是为什么闹到这种地步呢——人人都相信诗可以废除格律？也许是"安拉基"精神，也许是好时髦的心理，也许是偷懒的心理，也许是藏拙的心理，也许是……那我可不知道了。

二

前面已经稍稍讲了讲诗为什么不当废除格律，现在可以将格律的原质分析一下了。从表面上看来，格律可从两方面讲：（一）属于视觉方面的；（二）属于听觉方面的。这两类其实又当分开来讲，因为它们是息息相关的。譬如属于视觉方面的格律有节的匀称，有句的均齐。属于听觉方面的有格式、有音尺、有平仄、有韵脚，但是没有格式，也就没有节的匀称，没有音尺，也就没有句的均齐。

关于格式、音尺、平仄、韵脚等问题，本刊上已经有饶孟侃先生《论新诗的音节》的两篇文章讨论得很精细了。不过他所讨论的是从听觉方面着眼的。至于视觉方面的两个问题，他却没有提到，当然视觉方面的问题比较占次要的位置。但是在我们中国的文学里，尤其不当忽略视觉一层，因为我们的文字是象形的，我们中国人鉴赏文艺的时候，至少有一半的印象是要靠眼睛来传达的。原来文学本是占时间又占空间的一种艺术。既然占了空间，却又不能在视觉上引起一种具体的印象——这是欧洲文字的一个缺憾。我们的文字有了引起这种印象的可能，如果我们不去利用它，真是可惜了。所以新诗采用了西文诗分行写的办法，的确是很有关系的一件事。姑无论开端的人是有意的还是无心的，我们都应该感谢他。因为这一来，我们才觉悟了诗的实力不独包括音乐的美（音节）、绘画的美（词藻），并且还有建筑的美（节的匀称和句的均齐）。这一来，诗的实力上又添了一支生力军，诗的声势更加扩大了。所以如果有人要问新诗的特点是什么，我们应该回答他：增加了一种建筑美的可能性是新诗的特点之一。

近来似乎有不少的人对于节的匀称和句的均齐表示怀疑，以为这是复古的象征。做古人的真倒霉，尤其做中华民国的古人！你想这事怪不怪？做孔子的如今不但"圣人"、"夫子"的徽号闹掉了，连他自己的名号也都给褫夺了。如今只有人叫他做"老二"；

但是耶稣依然是耶稣基督，苏格拉提依然是苏格拉提。你作诗模仿十四行体是可以的，但是你得十二分的小心，不要把它作得像律诗了。我真不知道律诗为什么这样可恶，这样卑贱！何况用语体文写诗写到同律诗一样，是不是可能的？并且现在把节作到匀称了，句作到均齐了，这就算是律诗吗？

诚然，律诗也是具有建筑美的一种格式，但是同新诗里的建筑美的可能性比起来，可差得多了。律诗永远只有一个格式，但是新诗的格式是层出不穷的。这是律诗与新诗不同的第一点。作律诗无论你的题材是什么、意境是什么，你非得把它挤进这一种规定的格式里去不可，仿佛不拘是男人、女人、大人、小孩，非得穿一种样式的衣服不可。但是新诗的格式是相体裁衣。例如《采莲曲》的格式决不能用来写《昭君出塞》，《铁道行》的格式决不能用来写《最后的坚决》，《三月十八日》的格式决不能用来写《寻找》。在这几首诗里面，谁能指出一首内容与格式，或精神与形体不调和的诗来，我倒愿意听听他的理由。试问这种精神与形体调和的美，在那印板式的律诗里找得出来吗？在那乱杂无章，参差不齐，信手拈来的自由诗里找得出来吗？

律诗的格律与内容不发生关系，新诗的格式是根据内容的精神制造成的，这是它们不同的第二点。律诗的格式是别人替我们定的，新诗的格式可以由我们自己的意匠来随时构造。这是它们不同的第三点。有了这三个不同之点，我们应该知道新诗的这种格式是复古还是创新，是进化还是退化。

现在有一种格式：四行成一节，每句的字数都是一样多。这种格式似乎用得很普遍。尤其是那字数整齐的句子，看起来好像刀子切的一般,在看惯了参差不齐的自由诗的人,特别觉得有点稀奇。他们觉得把句子切得那样整齐,该是多么麻烦的工作。他们又想到作诗要是那样的麻烦,诗人的灵魂不完全毁坏了吗?灵感毁了,还哪里去找诗呢?不错灵感毁了,诗也毁了。但是字句锻炼得整齐,实在不是一件难事,灵感决不致因为这个就会受了损失。我曾经问过现在常用整齐的句法的几个作者,他们都这样讲;他们都承认若是他们的那一首诗没有作好,只应该归罪于他们还没有把这种格式用熟;这种格式的本身,不负丝毫的责任。我们最好举两个例来对照着看一看,一个例是句法不整齐的,一个是整齐的,看整齐与凌乱的句法和音节的美丑有关系没有。

我愿透着寂静的朦胧,薄淡的浮纱,
细听着渐渐的细雨寂寂的在檐上,
激打遥对着远远吹来的空虚中的嘘叹的声音,
意识着一片一片的坠下的轻轻的白色的落花。

说到这儿,门外忽然风响,
老人的脸上也改了模样;
孩子们惊望着他的脸色,
他也惊望着炭火的红光。

到底哪一个的音节好些——是句法整齐的,还是不整齐的?更彻底的讲来,句法整齐不但于音节没有妨碍,而且可以促成音节的调和。这话讲出来,又有人不肯承认了。我们就拿前面的证例分析一遍，看整齐的句法同调和的音节是不是一件事。

孩子们／惊望着／他的／脸色
他也／惊望着／炭火的／红光

　　这里每行都可以分成四个音尺，每行有两个"三字尺"（三个字构成的音尺之简称，以后仿此）和两个"二字尺"，音尺排列的次序是不规则的，但是每行必须还他两个"三字尺"两个"二字尺"的总数。这样写来，音节一定铿锵，同时字数也就整齐了。所以整齐的字句是调和的音节必然产生出来的现象，绝对的调和音节，字句必定整齐。（但是反过来讲，字数整齐了，音节不一定就会调和，那是因为只有字数的整齐，没有顾到音尺的整齐——这种的整齐是死气板脸的硬嵌上去的一个整齐的框子，不是充实的内容产生出来的天然的整齐的轮廓。）

　　这样讲来，字数整齐的关系可大了，因为从这一点表面上的形式，可以证明诗的内在精神——节奏的存在与否。如果读者还以为前面的证例不够，可以用同样的方法分析我的《死水》。这首诗从第一行"这是／一沟／绝望的／死水"起，以后每一行都是用三个"二字尺"和一个"三字尺"构成的，所以每行的字数也是一样多。结果，我觉得这首诗是我第一次在音节上最满意的试验。因为近来有许多朋友怀疑到《死水》这一类麻将牌式的格式，所以我今天就顺便把它说明一下。我希望读者注意新诗的音节，从前面所分析的看来，确乎已经有了一种具体的方式可寻。这种音节的方式发现以后，我断言新诗不久定要走进一个新的建设的时期了。无论如何，我们应该承认这在新诗的历史里是一个轩然大波。

　　这一个大波的汤动是进步还是退化，不久也就自然有了定论。

1926年5月13日

先拉飞主义

味摩诘之诗,诗中有画,观摩诘之画,画中有诗。

——《东坡志林》

首先这题目许用得着给下一点注脚。

最初用"先拉飞"这名词的是侨寓在意大利的一群法国画家,他们的目的是要在画里恢复中世纪的——拉飞儿(Raphael)以前的朴质的作风。现在讲到"先拉飞派",它是指英国的罗瑟蒂(Dante Gabriel Rossetti)、韩德(Holman Hunt)和米雷(Sir John Millais)等七个人。先拉飞兄弟会(The Pre-Raphaelite Brotherhood)是在1848年组织的,内中有画家、有雕刻家、有诗人。他们在画上签名便简写为 P.R.B.。他们的言论机关叫做《胚胎》(The Germ)。他们会同批评家罗斯金,主张扫除拉飞儿以后的种种秀丽纤弱的习气,恢复早期作家的简洁、真诚与笃实;还有当时那物质的潮流和怀疑的思想,他们也要矫正,因此他们要在画里表现出那中世纪的"惊异、虔诚和战栗"等的宗教情调。这运动的寿命并不长。不久"兄弟们"渐渐分散了，各人走上各人自己的蹊径，于是先拉飞兄弟会就无形的瓦解了。可是这次运动，在英国艺术上，确乎深深的印了一个戳记，特别是在装饰艺术上的影响很深。

以上可算"先拉飞运动"的一篇简明的历略。"先拉飞主义"给当时的批评界引起了不少的争辩。这主义所包含的原则很多，可讨论的也实在不少。我们现在要谈的，单是"先拉飞派"的画与"先拉飞派"的诗，两者之间相互的关系和这种关系的评价。

文学里的"先拉飞主义"是个借用的名词，"先拉飞主义"在文学里并没有明确的定义。为便利起见，我们才借它来标明当时文学界的一种浪漫趋势，例如罗瑟蒂、莫理士、史文朋诸家的作品。所以文学与"先拉飞运动"即便有关系也是一种旁支庶出的关系，正如罗瑟蒂自称绘画是他的主业，诗只是副产品一样。不过拿"先拉飞"来形容那一帮人的作品，实在是比较最近于妥当的一个名词。再说他们的诗和"先拉飞派"的画也的确很有关系。不但他们有一部分人同时是诗人又是画家，并且他们还屡次在诗里表现画，或在画里表现诗。罗瑟蒂本人的集子里就有一大堆题画的商籁体。

美术和文学同时发展，在历史上本是常见的事，最显著的文艺复兴，便是一个伟大的美术时期，同时又是伟大的文学时期。因此有人称英国的19世纪末为英国的文艺复兴。但是美术和文学，从来没有在同一个时期里，发生过那样密切的关系；不拘在哪个时期，断没有第二帮人像"先拉飞派"的"弟兄们"那样有意的用文学来作画、用颜料来吟诗。"先拉飞主义"引起我们——至少作者个人的注意，便在这一点上。

讲到这里，我们马上想起王维的"诗中有画，画中有诗"那句老话。王维的"诗中有画，画中有诗"，比方，和罗瑟蒂的"诗中有画，画中有诗"同不同，是另一问题，不过拿这八个字来包括"先拉飞派"的艺术，倒是一个顶轻便的办法。这两句话，我以后还要常常借用，但是请读者注意，我声明在先，那是有条件，有范围的借用。

"先拉飞派"的画和"先拉飞派"的诗，何以发生那样密切的关系呢？我们研究这里种种的动因，有的属于时代的趋势，有的属于个人的天才，有些是机会凑成的，有些是人力强造的——极复杂，也极有趣。

艺术型类的混乱是"先拉飞派"的一个特征，开混乱艺术型类之端的可不是"先拉飞派"。1766年，将近新古典运动的末叶，勒沁的《雷阿科恩》已经在攻击那种趋势。到19世纪，那趋势反而变本加厉了，趋势简直变成了事实，并且不仅诗和画的界线抹杀了，一切的艺术都丢了自己的工作。给邻家代庖，罗瑟蒂的"诗中有画，画中有诗"只是许多现象中之一种。此外还有戈提叶（Gautier）的"艺术的移置"（Transposition d'Art），马拉美（Mallarmé）要用文学制成和合曲……诸如此类，数都数不清。看来这种现象，不是局部的问题，乃是那时代里全部思潮和生活起了一种变化——竟或是腐化。关于这一点，白璧德教授在他的《新雷阿科恩》里已经发挥得十分尽致了，不用我们再讲。我们要知道的只是那时代潮流的主因之外，还有许多副因和近因。下面这几点，对于阐明"先拉飞主义"发展的痕迹，许可以供给些参证。

先拉飞兄弟会成立的头年（1847），罗瑟蒂和他那般朋友对于济慈的诗发生了很深的兴味。这是一件值得注意的事，本来罗瑟蒂早就在济慈和柯立基的作品里看出了一种最高的浪漫元素。后来他和韩德、米雷读霍顿的《济慈传》，又同时都觉得那诗人的作品，已经达到古典与浪漫调和到最适当的境地，并且那正是他们自己在美术里企望不到的最高目的。现在他们的愿望是要把这"灵"与"肉"的谐和移植到绘画里来。于是他们纠合了一般同志，组织了一个团体，规定每人得按时交进画稿来给大众批评，题目往往是由罗瑟蒂拟。下面这些画题，便是从济慈的《绮萨白娜》（*Isabella*）里选出的：

（1）《情耦》

（2）《绮萨白娜的三个弟兄》

（3）《分离》

（4）《幻象》（绮萨白娜梦见他的哥弟们把情郎杀死了）

（5）《林中》（绮萨白娜到林子里把情郎的首级偷来了）

（6）《紫苏坛》（她把首级埋在坛里）

（7）《弟兄们发现了紫苏坛》

（8）《绮萨白娜之疯魔》

兄弟会未成立之前，他们和济慈已经有这样的关系，既成立以后，关系仍然没有改变。例如米雷的首屈一指的杰作《圣爱格尼节之前夕》（*The Eve of St. Agnes*）便取材于济慈的那首同名的诗，并且韩德的第一次重要的产品《马德林与波菲罗之出奔》（*The Flight of Madeline and Porphyro*）也是由那首诗脱胎的。还有济慈的《无情的美女》（*La Belle Dame Sans Mercé*），他们也都画过。

三人都是先拉飞兄弟的台柱子，和济慈的关系又都那样深，看来是不是"先拉飞运动"之产生，济慈要负一份责任？再看他们崇拜济慈是因为他的诗是调和古典浪漫的大成功，"先拉飞运动"所以又可以说是借口改造诗的方法，来改造画，正如他们后来又借改造画的方法去改造诗。这样不分彼此的挪借，便造就了诗与画里的许多新花样，同时也便是艺术型类的大混乱。

假如没有个济慈，或是他们凑巧没有注意到济慈的诗，"先拉飞运动"还会不会实现呢？我们的答案大概属于正面，因为前面已经提过，兄弟会里以画家兼诗人的会员不在少数，罗瑟蒂本人不用讲了，此外吴勒（Thomas Woolner）在他的雕刻还没有成名以前，已经是一个很有天才的诗人；喀林生（James Collinson）在诗上也有相当的成绩，他在第二期《胚胎》上发表的作品，据说很能代表"先拉飞派"的那宗教的象征主义，和半禁欲、半任情的忧郁情调；裴登（Sir J.Noel Paton）和施高达（William Bell Seott）两个人也是诗画两方面都有贡献的；威廉·罗瑟蒂在两种艺术上都尝试过，他开始习画许太迟点，所以不能终局，他放弃作诗，据韩德说，为的是自己觉得不如老兄才搁笔的；还有老画家卜朗（Ford Madox Brown）、罗瑟蒂的老师，也能作诗，在《胚胎》上投过稿。以上都是画家兼诗人。其余的是会员也好，非会员而与他们有瓜葛的也好，几乎没有一个不是具有双料的兴趣，虽则画画的不必实行作诗，作诗的不必实行画画。最足以代表这一类的，便是两个"先拉飞派"的后劲白恩·琼士（Sir Edward Burne Jones）和威廉·莫理士（William Morris）。这样看来，他们自身本有双方发展的可能性。恐怕用不着多少外来的刺激和指点，才会产生那种"诗中有画，画中有诗"的艺术。

我们许要问，怎么这样凑巧，恰恰让那样一群人聚到一堆来了，这现象是否和他们的中心人物——罗瑟蒂个人的天性，有点因果关系？换句话说，"先拉飞派"的命运，是不是由罗瑟蒂一手造成的，是不是因为主将的"诗中有画，画中有诗"，才有大家的"诗中有画，画中有诗"？不见得，罗瑟蒂的魔力不见得有那样大，不错，坚强自信的罗瑟蒂，富于"个人吸引力"的罗瑟蒂，惯于高兴支配别人，别人也乐于被他支配，但是我们决不相信，偌大一个运动，是谁一个人的能力所能造设的。罗瑟蒂不过是许多分子之一；与其说罗瑟蒂支配众人，不如说大家互相支配，或许其中罗瑟蒂的势力比较大点。大家都是多才多艺，因为多才多艺，才要左手画圆，右手画方，结果当然圆里有方，方里也有圆了。兄弟会的事业，就是这么一回事。

单就"画中有诗"讲，英国也不仅"先拉飞派"的画家是那样，自从英国有画以来，可以说没有完全脱离过文学的色彩。英国人天生就不是意大利人、法兰西人、西班牙人或荷兰人那样的图画天才。绘画——由线条色彩构成的绘画，仿佛他们从来没有了解过。他们不是不能审美，他们的美，是从诗和其他的文学里认识的。他们有的是思想家、道德家、著作家，他们会"想"，可不大会"看"。自从阿瑟王和"圆桌"的时代，英国就有了诗，英国的画却是比较晚出的产品，所以难怪他们的兴趣根本在文学上，甚至于文学的势力还要偷进绘画里来。认真的讲，英国的画只算得一套文学的插图。就"先拉飞派"讲，罗瑟蒂的画是但丁的插图、韩德的是《圣经》的插图。再从全部的英国美术史看，从侯加士（Hogarth）数到白兰格文（Branguan），哪一个不是插图家？一个勃莱克（Blake），一个皮雅次蕾（Beardsley），两座高峰，遥遥相对，四围兀兀的布满了大大小小的山头，结构和趣味差不多属于一种的格调。芮洛慈（Reynolds）、盖恩斯伯洛（Gainsborough）以下的肖像画家，和魏尔生（wilson）、康士塔孛（Constable）以下的风景画家，算是例外。可是你知道这两派都是荷兰人的传授，只可说是英国寄籍的荷兰画（肖像和风景根本也是不容易文学化的）。你简直没有法子叫英国人不在画里弄文。连兰西儿（Landseer）的狗子都要讲故事。文学是英国人的根性，所以罗瑟蒂才有这样的议论——他对白恩·琼士说——"谁心里若是有诗，他最好去画画，因为所有的诗都早已讲过了，写过了，但差不多没有人动手画过。"可见罗瑟蒂画画的动机是要作诗。你不能禁止英国人不作诗，如同不能禁止他们的百灵鸟不唱歌一样。

　　还有一种原因也足以使诗画的界线容易混乱。在《胚胎》的弁言里他们已经声明过，在画上应用过的原则，也要在诗上应用；其实在诗上应用的理由更大，因为绘画的旨趣非借具体的物象来表现不可，诗却可以直接达到它的鹄的。譬如画家若要在作品里表现一种精神的简洁性，必须想出各种方法来布置，描写他身外的对象，但是一个诗人——假如他是个能手——顿时就能捉住他那题材的精神，精神捉到了，再拿象征的或戏剧的方法给装扮起来，就比较容易了。柏尔（Clive Bell）在他的《艺术论》里，辨别美感和实用观念的区别，有一段话："一个实际的人走进屋子里，看见几张椅子，桌子，沙发，一幅地毯，和一座壁炉。他的理智认识了这些物件，假如他要在那里待下，或是放下一只杯子，他晓得他应该怎么办。那些物件的名字告诉了他许多方法——怎样应付那些实际问题的方法。但是在各个名字背后藏着的那些物件的本体,他不知道。艺术家可不同,名字不关他的事。他们只知道一件东西是产生一种情绪的工具,那便是说,他们只管得着物件本身的价值……"好了,我们现在该明白了什么是供应实用的物件,什么是供应美感的物件。譬如一只茶杯,我们叫它做茶杯,是因为它那盛茶的功用,但是画家注意的只是那物象的形状、色彩等等,它的名字是不是茶杯,他不管。但是一个画家怎样才能把那物象表现出来,叫看画的人也只感到形状色彩的美,而不认作茶杯呢?现在我们回到本题了,绘画的困难便在这里,绘画的困难比文学的大,也在这里。

White plates and cups clean-gleaming,
Ringed with blue lines.

白禄克(Rupeit Brooke)这种捉拿生魂的神通,决不是画家梦想得到的。就叫寨桑(Cézanne)来动手,结果恐怕还免不掉有点隔膜。这是因为文学的工具根本是富于精神性的。"先拉飞主义"在诗上的问题小,在画上的问题大,并且他们的诗的成功比画的成功更加可观,便是这个道理。但是不幸的是诗的地位占便宜些,就免不了要引起画的妒忌和羡慕。"先拉飞派"的画家看出了诗的可羡慕的地位,是对的,是他们有眼光;但是他们实际的羡慕了,并且不惜牺牲自家的个性,放弃自家的天职,去求绘画的诗化,那便是错了,那是没有眼光。

罗斯金的艺术主张,和"先拉飞派"的主张,本是两方面独自发现的,虽是两方面不约而同的发现,不过自从他们互相认识以后,"先拉飞派"从罗斯金得来的赞助和指导的确是很多。罗斯金的影响好的、健全的固然不少,但是"先拉飞派"所以用作诗的方法作画,我们饮水思源,实在不能不把一部分的罪过堆在罗斯金身上。我们也承认"先拉飞派"对于宗教——更正确点,宗教方面的中世纪主义——的热心,难免是"牛津运动"的余波,可是如果没有罗斯金那样明白的表示和大声疾呼的提倡,我们也可以断定"先拉飞派"是不会得有那样坚决的、极端的主张,因此流弊也不致那样大。罗斯金说:

譬如,雷兰派的一部作品——鲁奔斯(Rubens)、樊代克(Vandyke)和冷伯兰提(Rembrandt)永远在例外——都是夸耀画家的口才,都是用清晰而有力的发音术咬着既无用又无味的字眼;至于齐玛孛(Cimabue)和吉羲陀(Giotto)早年的成绩乃是婴孩嘴唇里吐出的热烈的预言。明哲的批评家应该负起责任来审慎辨别什么是语言,什么是思想,还要专心尊崇,赞颂思想,把语言认为下乘,绝对不当与思想相提并论或较量短长。一幅画,如果有的是较高尚较丰富的意义,不问表现得怎样笨拙,比起那表现美满而意义凡庸贫困的作品,定是一幅较伟大的较好的画。

罗斯金的主意是要艺术有一种最高无上的道德的目的,他以为艺术的价值,是随着这目的之有无或高下为转移的,所以他注重的是绘画的"思想",不是"语言"。这话当然不错,可是问题不是那样简单。试问到底哪里是"思想"和"语言"的分野?在绘画里,离开线条和色彩的"语言","思想"可还有寄托的余地?

如果思想有了，就可以不择表现的方法，只要能达意就成了吗？譬如，在罗瑟蒂的《圣母的童年》里，我们看见一瓶百合、一把荆棘，知道百合象征贞洁、荆棘象征悲哀。好了，画家的意义我们明白了，可是那与绘画本身价值有什么关系？明白了是两个"文学的"概念。"文学的"概念只能间接地引起情感的反应，并且那种情感也未见得纯洁。当然，罗斯金并没有教画家拿那样潦草，肤浅的方法来表现"思想"，但是我们得承认有了罗斯金的推重"思想"，才有罗瑟蒂的只认目的，不择手段的流弊。不但罗瑟蒂，便是韩德的只求局部之精确，忘了全体的谐和，和米雷的欢喜在画里讲故事，何尝不是罗斯金的影响。

但是话又说回头了，我们也不必十分逼罗斯金，连老头子自己都没办法，因为批评家和创作家都是英国人，文学是英国人的天才，也是英国人的脾气。

否定肉体，偏执灵魂的中世纪主义，也是能损毁绘画的纯粹性的一种势力。我们拿中世纪色彩最浓的罗瑟蒂来做例。但是我们先得认清他的文学作品被人攻击为"肉休派的诗"，实在是个大冤枉，幸而攻击他的人，巴坎伦（Robert Buchanan）后来忏悔了。其实在罗瑟蒂的诗里，"肉体美"所以可贵的，完全因为它是"灵魂美"的佐证，所谓"内在的，精神的，美德的一种外在的，有形的符号"，我们读他的《身体的美》（*Body's Beauty*）那首商籁体便知道了。诗人又在一首题名Lovesight的商籁体里问道：

When do I see the most, bloved one?
When in the light the spirit of mine eyes,

Before thy face, their altar, solemnize
The Worship of that love through thee made known?
Or when in the dusk hours(we two alone),
Close-kissed and eloquent of still replies
Thy twilight-hidden glimmering visage lies,
And my soul only sees thy Soul its own?

这种神秘性充满了罗瑟蒂全部的著作，可是要把它运用到画里来，问题就困难了，因为神秘性根本是有诗意的，和画却隔膜得多。罗瑟蒂即拿定了主义要神秘化他的画，没有办法就拐一个弯，借那属于文学的，抽象的象征来帮忙，结果我们便得了这样一幅画，例如他的《但丁之梦》。在这画里，神秘的含义谁也承认是十分丰富，丰富的含义总算都表现得够分明的了。但是把它当做画看，未免太分明了，因为所谓"分明"是理智的了解，不是感觉的认识，所以在文学里可以立脚，在画里没有存在的余地。

也许有人又要发问，神秘主义果真不在绘画的范围里吗？绘画绝对不许采取象征手段吗？吉莪陀、齐玛孛、马沙奇俄（Masaceio）的地位应该推翻吗？不错，早期意大利的名手都是神秘家，都没有鄙视过象征。但是他们的时代是中世纪，不是做中世纪的梦的19世纪；他们是在宗教里生活着，用不着靠宗教运动求生活，神秘是他们的天性，不是他们的主义；在他们无所谓象征，象征便是实体。我们认为实体的，在他们都是象征。有了那种精神，岂独在美术上可以创造奇迹，在文学上、在生活上，哪一项不够我们惊异、拜倒、向往的？兄弟会虽是会模仿，甚至模仿古人的那隐遁的生活，保持着一种宗教式的诚恳态度，但是没有用，模仿毕竟是模仿，何况他们对于宗教并没有正确的领悟。罗瑟蒂对于宗教是一种浪漫的癖好，正如韩德对于宗教是一种历史的好奇心，韩德向巴勒斯登汇集材料，罗瑟蒂向中世纪汇集材料，不过因为那一种空间的、一种时间的距离，能满足他们好奇的欲望罢了。他们的灵感的来源既不真，他们的作品当然是空洞的、软弱的，没有红血轮的。

上面所讨论的，是站在绘画的立脚点上看为什么"先拉飞派"的画中有诗。我们拉杂的举了七种理由。如果翻过面来问为什么"先拉飞派"的诗中又有画，理由当然有许多和上面相同，也有看了彼方面的理由，马上就可想起此方面的。例中单讲罗瑟蒂兄妹，知道安格鲁撒克逊民族的天才是文学，也便想得起拉丁民族的天才是造型艺术——罗瑟蒂兄妹是四分之三的意大利人、四分之一的英国人。还有知道他们的中世纪主义，也不能忘记他们的希腊主义，上文已经提过，他们在济慈的诗里发现了"灵"与"肉"最圆满的调和，并且要把它移植到画里来，可见他们的主张和片面的禁欲主义完全两样。他们的诗里所以充满了属于感觉的绘画，便是这个缘故。

我讲了许多不利于"先拉飞派"或罗瑟蒂个人的话，读者可不要误会，以为我完全不承认他们的价值。尤其是罗瑟蒂的作品，我不仅认为有价值，并且讲老实话，我简直不能抵抗它那引诱，虽是清醒的自我有时告诉我，那艳丽中藏着有毒药。不用讲，我承认我的弱点，便是承认罗瑟蒂的魔力！例如《受祜的比雅特丽琪》（*Beata Beatrix*）、《潘多娜》（*Pandora*）、《窗前》（*La Donna della Finestra*）等等作品里的可歌可泣的神秘的诗意，谁不陶醉，谁不折服，谁还有工夫附和契斯脱登（G. K.Chesterton）来说那冷心的、狠心的话——"这个大艺术家的成功，是由于不曾辨清他的艺术的性质！"再看他的诗，举一个极端的例：

Herself shall bring us, hand in hand,
To him round whom all souls
Kneel, the clear-ranged unnumbered heads
Bowed with their aureoles:
And angels meeting us shall sing
To their cithers and Citoles.

我们明晓得这不但是画意，简直是图画——是中世纪道院里那一个老和尚（也许是Fra Angelico）用金的、宝蓝的、玫瑰红的和五光十色的油漆堆起来的一幅图画。"诗中有画"我们见得多，从莎士比亚，斯宾叟以来的诗人，谁不会在文学里创造几幅画境？但是罗瑟蒂这样的，我们没有见过。我们也知道这正是亚里士多德说的"Shifting his ground another kind"，但是这"移花接木"的本领是值得佩服的，并且这样开出的花是有一种奇异的芬芳和颜色，特别能勾引人们的赏玩。

总结一句，"先拉飞派"的诗和画，的确是有它们的特点，"先拉飞主义"，无论在诗或画方面，似乎是一条新路。问题只是艺术的园地里到底有开辟新畦畛的必要与可能没有？勉强造成的花样，对于艺术的根本价值，是有益还是有损？契斯脱登的评论，我们现在可以全段的征引了：

罗瑟蒂是一个多方面而特出的人才；他并没有在任何方面成功；不然，也许不会有人知道他。在那两种艺术上，他是一半成功，一半失败；他的成功完全是他那失败的巧术凑成的。假使他是邓尼生那样一个诗人，也许会成一个能画画的诗人，假使他是白恩·琼士那样一个画家，也许会成一个能作诗的画家。说也奇怪，在这极端的艺术运动的门限上，我们倒发现了这个大艺术家的成功是由于不曾辨清他的艺术的性质。他的诗太像画了。他的画太像诗了。正因为这个缘故，他的诗和画才能征服维多利亚时代的那冷淡的满意，因为他那种作品总算是有东西的，虽则在艺术上是不值些什么的东西。

　　我们再谈谈王摩诘的"诗中有画，画中有诗"，做个结束。其实这话也不限于王摩诘一个人担当得起。从来哪一首好诗里没有画，哪一幅好画里没有诗？恭维王摩诘的人，在那八个字里，不过承认他符合了两个起码的条件。"先拉飞派"的"诗中有画，画中有诗"可不同，那简直是"张冠李戴"，是末流的滥觞；猛然看去，是新奇，是变化，仔细想想，实在是艺术的自杀政策。

1928年5月26日